무명초는 뿌리가 없다

무명초는 뿌리가 없다

초판인쇄 | 2023년 5월 20일
초판발행 | 2023년 5월 27일

지 은 이 | 보 우
펴 낸 이 | 배재경
펴 낸 곳 | 도서출판 작가마을
등 록 | 제 2002-000012호
주 소 | (48930)부산광역시 중구 대청로 141번길 15-1 대륙빌딩 301호
서울시 도봉구 도당로 82(방학1동, 방학사진관 3층)
T. 051)248-4145, 2598 F. 051)248-0723 E. seepoet@hanmail.net

ISBN 979-11-5606-222-6 03810 정가 12,000원

※ 본 도서는 2023년 부산광역시, 부산문화재단 '부산문화예술지원사업'으로 지원을 받았습니다.

부산문화재단
BUSAN CULTURAL FOUNDATION

무명초는 뿌리가 없다

보 우 漢詩集

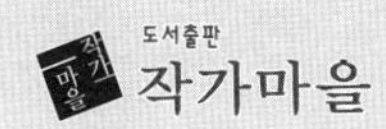

추천의 글

한시집 『무명초는 뿌리가없다』 출간을 축하하며

장오중(미학박사)

불문佛門에서 화두 참선話頭參禪은 스님의 의미 있는 일상사이자 당연한 수행자의 길입니다.

그러나 당연한 일을 하면서도 아란야阿蘭若를 넘어 또 다른 수행修行의 방안으로 사바세계의 습주拾珠 찾듯 두 번째 한시집을 발간하오니 참으로 승속일화僧俗一花입니다.

보우 큰스님은 오랜 사문沙門생활에도 용맹정진과 자기 수행에 철저하면서도 머무른 바 없이 쉼없는 시공간을 넘나든 다양한 쟝르의 창작열은 이 시대가 바라는 진정한 상인上人입니다.

이러한 선업善業은 세속의 언어를 천상의 소리로 펴낸 다섯 권의 시집과 한시집을 통해 세인들에게 향기로운 법문으로 남게 하였습니다.

이번 두 번째 한시집은 더 깊고 맑은 법향法響으로 우리들 삶에 양식이 될 것으로 봅니다.

이제 스님의 시향詩響이 천마산 금당과 사바세계에 두루 누리길 바라마지 않습니다.

끝으로 강호제현江湖諸賢께서는 깊은 관심과 격려를 바라며 부처님 가피가 충만하시길 발원합니다.

계묘년 봄날

觀禪齋에서 미학박사 장오중 謹識

동곡, 장오중 박사님!
공사다망하신 가운데 부족한 소납의 한시집 추천의 글 주심에 春月의 밝은 달빛이 우주 공간에 두루함을 희망의 등불이 된 듯 두 손 합장합니다.

– 감천 천마산 금당에서 普友 배상

시인의 말

예부터 스님들은 머리카락을 "무명초" 라 하여 번뇌 망상의 상징으로 여겨왔다.

중국 당나라 때 석두희천 스님이 "오늘은 대중 울력으로 제초 작업을 한다." 말씀하시자, 모든 스님들은 호미와 낫을 들고나오는데, 행자인 단하천연 만이 무슨 말씀인지를 알아듣고 머리카락에 물을 묻혀 석두 스님 앞에 고개를 내밀어 머리를 깎았다고 하였다.

'삭발, 일상의 번뇌를 단절하는 의미'

여기에 수록된 한문시漢文詩도 본래는 뿌리가 없다.
우리네 인간이 만든 동양고전 불씨이길 바랄 뿐이다.
늘 부족함이 따른다.
강호제현들의 질책을 바라며,,,

이 漢詩集이 나오기까지 수고로움 주신 제현 인연에 감사함을 전하며,,,

불기 2567년 춘월에
천마산 금당에서 퇴수退受 보우普友

· 차례

무명초는 뿌리가 없다

2부 평등의 거리에서 천년을

· 차례

3부 소쩍새 솥 적다고 밤새운 울음소리

4부

한 발자국 천 리 길

무명초는 뿌리가 없다

제1부

벼루물에 먹물이 아득하네

生疏春 생소춘

– 낯선 봄날

何日瞥眼間近疫　하일별안 간근역
日常崩一日一課　일상붕일 일일과
隣間隔離散痛于　린간격이 산통우
天壞乎精神昏爲　천괴호정 신혼위

白注射在懷適悚　백주사재 회적송
日日往友輩悲見　일일왕우 배비견
疏余等春日何來　소여등춘 일하래
俟俟數年忍耐心　사사수년 인내심

어느 날 난데없이 다가온 전염병들
일상이 흩어지는 하루의 일과들이
이웃과 거리 두기 이산의 슬프도다
하늘이 무너지듯 정신이 어둑하고

흰 주사 있다 하나 생각이 거북하네
나날이 떠나가는 친구들 슬픔 보며
소통할 우리들의 봄날은 어찌 오리
기다려 기다려도 몇 년을 참았네라

코로나19가 삼 년을 지나고 있다. 이로인한 많은 이의 고통과 슬픔을 상기시키는 한편 신속한 일상을 기다리며 인내하는 마음으로 지어본다. 칠언율시.(2022년 임인년 3월 20일)

進憂 진우

– 앞날의 걱정

地球汚微物生無 지구오미 물생무
風天空汚染蝶乎 풍천공오 염접호
況蜂也飛來于見 황봉야비 래우견
眞邇來人生存乎 진이래인 생존호

山天高低花意開 산천고저 화의개
風乎搖搖來呼招 풍호요요 래호초
蜂蝶往來無香無 봉접왕래 무향무
天淸在白雲飛離 천청재백 운비이

땅덩이 더러우면 벌레도 살 수 없고
바람의 하늘 공간 오염에 나비 오랴
하물며 벌들 역시 날아서 올까 보다
참으로 가까운 때 사람도 생존하랴

산천은 높고 낮아 꽃 풍경 피건만은
바람에 흔들리며 오라고 손짓하고
벌 나비 왕래 없어 향기는 없다 하며
하늘은 맑아 있고 흰 구름 날아가네

환경이 오염되어가는 현실을, 벌과 나비가 오지 않음에 결국 곡물이 소출을 못 얻으면 자구상 생명이 존재하기가 어렵다는 경각심에 지은 詩이다. 칠언율시.(2022년 임인년 3월 19일)

院洞夏望 원동하망

– 원동의 여름을 보며

亭乎日明曙霞照 정호일명 서하조
洛東江淸嚥天音 낙동강청 연천음
濯板雲彩眼伸在 탁판운채 안신재
葉笛音耳孔軟痒 엽적음이 공연양

정자에 날이 밝아 새벽 놀 비추이고
낙동강 깨끗하니 청명한 하늘소리
빨래판 구름무늬 눈앞에 펼쳐있고
나뭇잎 피리 소리 귓구멍 간지럽네

양산 원동의 낙동강을 배경으로 여름을 조망하며 상상으로 지은 시이다. 칠언절구.(2022년 임인년 3월 24일)

政局 정국

言閉君簾垂 언폐군렴수
死考直疏戴 사고직소대
君心無驕滿 군심부교만
焉靑天陽有 언청천양유

말씀은 막혀있고 임금은 발 드리며
죽음을 생각하고 바른말 올리건만
임금은 마음 없어 교만이 가득하여
어떻게 푸른 하늘 햇볕이 있으리오

정국이 혼란스러워 지어본다. 오언절구.
(2022년 임인년 3월 23일)

詩作三昧 시작삼매

– 시를 짓는 삼매

暮書筆書依從于　모서필서 의종우
梯複原紙隔隔每　제복원지 격격매
手筆見夜子正也　수필견야 자정야
頭上擧曙迎晨來　두상거서 영신래

何睡眠理充窓見　하수면리 충창견
曙霞照扇子花朝　서하조선 자화조
乎呼獨見艶風景　호호독견 염풍경
遙友俱何茶俱爲　요우구하 다구위

저물녘 글을 쓰다 글 따라 좇아가니
사다리 겹쳐지는 원고지 사이마다
손으로 쓰고 보니 한밤중 자정이라
머리를 일으키니 새벽이 밝아오네

어쩌지 잠자리는 아쉽고 창을 보니
새벽 놀 비추이는 부채꽃 아침이네
아 하아 혼자 보기 화사한 풍경일세
멀리 벗 함께 어찌 차라도 함께 할세

詩作을 하면서 새벽이 오는 줄도 모르고 쓰다 보니 밤을 꼬박 새우는 것이었다. 칠언율시.(2022년 임인년 3월 24일)

春分 춘분

永冬經暖始作爲　영동경난 시작위
蛙甦一日陽長以　와소일일 양장이
農夫足步乎忙量　농부족보 호망량
頭上乎陽多氣暖　두상호양 다기난

新芽筍有靑蓬野　신아순유 청봉야
內人點在菜採有　나인점재 채채유
坍廓墻早助築觀　담곽장조 조축관
風花妬娟襟任見　풍화투연 금임견

긴 겨울 지나가며 따뜻함 시작되는
개구리 깨어나고 하루 볕 길어지며
농부들 발걸음에 바쁘기 한량없네
머리에 볕이 많아 기운이 따뜻하고

새싹이 돋아있는 푸른 쑥 들녘에는
아낙네 여기저기 나물을 뜯고 있네
무너진 둘레 담장 서둘러 쌓아보고
바람에 꽃샘추위 옷깃을 여며본다

낮과 밤이 반점에서 낮이 점점 길어지는 좋은 점이 있지만 꽃샘추위가 있으므로 건강을 조심 하여야된다는 뜻이 있다. 특히 이때가 되면 바람 달이라, 이월 영동 할매 바람이라고도 한다 하여 바람이 많이 부는 계절이니 노약자들은 건강을 살펴야 되리라. 칠언율시.(2022년 임인년 3월 23일)

木蓮花, 蕾 목련화, 봉오리

書筆聿似在墨濕 서필율사 재묵습
蕾研水墨水遙遠 뢰연수묵 수요원
貞節概前歷史慘 정절개전 역사참
歎自四月痛爾汝 탄자사월 통이여

溢反復化殘忍降 일반복화 잔인강
四月樂爲希望笑 사월악위 희망소
痛政化笑花開國 통정화소 화개국
毛懸蕾木筆花開 모현뢰목 필화개

서필 붓 닮아있어 먹물을 적시는데
봉오리 벼루물에 먹물이 아득하네
곧게 선 절의 앞에 지난날 참혹함이
한숨이 절로 나는 사월의 아픔이여

지나침 반복되는 잔인함 내려놓고
사월을 노래하고 바라는 웃음 짓게
아픔이 정화되어 웃음꽃 피는 나라
털 달린 꽃봉오리 목필화 꽃이 피네

목련꽃 봉오리의 절개를 보듯 목필처럼 닮아 벼루에 적시니 먹물이 묻지 않아 꼿꼿함 그대로라 지난날 4월의 수난사를 묵시적 접어두는 그 아픔 정화되어 4월은 잔인하다 말지라. 그리하여 지어본다. 칠언율시.(2022년 임인년 3월 26일)

夢遇 몽우

– 꿈에서의 만남

去夜夢中客迎也　거야몽중 객영야
孰乎奏言無座坐　숙호주언 무좌좌
靜看古日海面也　정간고일 해면야
焉是亐長道於來　언시우장 도어래

同接問于惶悚冒　동접문우 황송모
禪師死消失行矣　선사사소 실행의
必地獄門望行所　필지옥문 망행소
其也與施錢受飯　기야여시 전수반

果報其矣磨也奚　과보기의 마야해
是在來尙今中有　시재래상 금중유
流在今也一切放　유재금야 일체방
田豆播赤豆晝無　전두파적 두화무

此亦因緣也願爲　차역인연 야원위
來世德業多貯望　래세덕업 다저망
地獄門滿溢列限　지옥문만 일열한
佛法問爪位土見　불법문조 위토견

土地位土多今知 토지위토 다금지
日海如知也業緣 일해여지 야업연
巷地獄此席天堂 항지옥차 석천당
天堂地獄本心無 천당지옥 본심무

日曉鷄唱時化矣 일효계창 시화의
歸泉行阿彌陀在 귀천행아 미타재
一心顧當處淨土 일심고당 처정토
光明垂雲位天見 광명수운 위천견

지난밤 꿈속에서 손님을 맞았는데
누구냐 여쭤보니 말없이 자리 앉아
조용히 바라보니 옛 일해 얼굴이다
어떻게 이곳까지 먼 길에 오셨는가

한 가지 물어볼 것 황송함 무릅쓰고
선사는 죽으시면 어디로 가시느냐
반드시 지옥문을 바라며 가는 거지
어째서 그러한가 시주 전 받아먹은

〉

과보가 그것이요 그대는 어디에서
여기를 찾아왔나 아직도 중음에서
떠돌고 있습니다 이제는 놓으시게
밭에서 콩 씨 뿌려 붉은 팥 그림없지

이것도 인연이니 축원을 하겠으니
다음 생 선근 공덕 쌓기를 소망하오
지옥문 차고 넘쳐 줄 서기 한정 없네
부처님 가르침인 손톱 위 흙들보다

땅 위에 흙 많은 걸 이제야 알겠어라
일해여 알겠는가 이것이 업연이네
일 새벽 닭소리가 시간이 되었도다
황천에 가시거든 미타불 찾으시고

문밖이 지옥이요 이 자리 천당이요
천당도 지옥 처도 본 마음 없음이네
한마음 돌아보면 그곳이 정토임을
밝은 빛 드리우면 구름 위 하늘보리

2022년 임인년 3월 24일 새벽 소납이 꿈에서 옛 일해(전두환)씨를 내 처소에서 만났다, 만나서 일소일답을 하는 형식으로 그 내용을 長詩로 지어 보았다. 후세에 역사가들께서 뒷말이 없기를 바라면서 기록을 남긴다. 오해 없기 바랄 뿐이다. 생전 이분과 일면식도 만나지도 못하지만 그냥 뉴스에서만 보아온 기억뿐이다. 칠언장시.(2022년 임인년 3월 25일)

白木蓮 백목련

花托片屬六葉形 화탁편속 륙엽형
鷄卵臥放姿態示 계란와방 자태시
蕾本態筆聿似於 뢰본태필 율사어
乎呼木筆尊銜懸 호호목필 존함현

殘四月月曉花於 잔사월월 효화어
白色嚴肅姿態驚 백색엄숙 자태경
青天下當身孰矣 청천하당 신숙의
花香亂亂步行難 화향란란 보행난

꽃받침 조각 속에 여섯 잎 형상 보니
달걀을 엎어놓은 자태를 보여주네
봉오리 본 모습은 필 붓을 닮았어라
아 아하 목필이란 존함도 달았군요

잔인한 사월 달을 깨달은 꽃이어라
흰빛의 엄숙함에 자태가 놀라워라
푸른빛 하늘 아래 당신은 누구였소
꽃향기 어지러워 보행이 어렵군요

백목련을 바라보다 지난 4월의 수난사를 떠올리며 하얗게 소복처럼 피어나는 자태를 보니 저절로 고개가 숙여지는 엄숙함 아니던가. 4월은 잔인한 달이라고 합니다. 4.3 사건, 4.16 세월호, 4.19 사건 정치선거, 남는 자와 떠나는 자 역사의 트라우마 그런 달이기에 더 이상 반복되는 역사를 멈추고 희망의 4월로 노래 부르기를 기원하며 지어봅니다. 칠언율시.(2022년 임인년 3월 26일)

患生死 환생사

– 근심과 삶 죽음

野開花蜂蝶見無　야개화봉 접견무
風告因果明觀矣　풍고인과 명관의
或也蒼空罪困難　혹야창공 죄곤난
汚染大氣屬立等　오염대기 속립등

風動花紅誘惑於　풍동화홍 유혹어
秘密眺哀切感慨　비밀조애 절감개
野黃葉也秕充爲　야황엽야 비충위
凶年憂患穀間虛　흉년우환 곡간허

들녘에 피는 꽃들 벌 나비 볼 수 없고
바람에 청하였어 원인을 밝혀보리
행여나 푸른 하늘 탓하면 곤란하네
더러운 대기 속에 서 있는 우리들은

바람에 흔들리는 꽃 붉어 유혹하고
가만히 바라보니 애절히 그지없네
들녘에 누런 잎새 쭉정이 가득하고
흉년에 근심 가득 곡간이 비였구나

날로 환경 오염이 심각하다. 벌, 나비 개체가 적으면 농사가 문제되어 곡물이 귀해 결국 지구상 생명들 존폐의 문제가 일어날 수 있기에 그 경각심으로 이 율시를 지어본다. 칠언율시.(2022년 임인년 3월 14일)

朋思 붕사

– 벗을 생각하며

朝房門開金堂坐　조방문개 금당좌
春雨降後天淸在　춘우강후 천청재
花開川周茶軒席　화개천주 다헌석
朝夜沐一身康爲　조야목일 신강위

百里爲時爭理料　백리위시 쟁리요
因緣兪孰恨歎乎　인연유숙 한탄호
長途來往難外出　장도래왕 난외출
其是猶亦戀滿爲　기시유역 련만위

아침에 방문 열고 금당에 앉았는데
봄비가 내린 뒤라 하늘이 맑아 있다
화개천 주변에는 다헌이 자리하지
아침 밤 찬바람에 일신은 편안할까

백 리만 되었어도 시간을 다투리오
인연이 그러한 걸 누구에 한탄하랴
먼 길을 오고 감이 어려운 외출인데
그것이 오히려는 그리움 가득하지

경남 하동 화개면 목압 마을에 주석 하시는 小納(소납)의 오랜 벗茶軒을 생각하며 지은 시이다. 칠언율시.(2022년 임인년 3월 28일)

分裂분열을 보며

半島脊柱國分裂 반도척주 국분열
政治國民亐挺結 정치국민 우정결
直心也一致團結 직심야일 치단결
外勢勢力敢城越 외세세력 감성월

言論親愛國論一 언론친애 국론일
利他利益所爲見 이타이익 소위견
後世時代人康生 후세시대 인강생
我何如運身惜乎 아하여운 신석호

반도의 척주 잘린 나라의 분열인데
정치는 국민에게 나오는 힘을 쓰면
굳세게 마음 또한 하나로 단결하여
바깥의 세력들도 함부로 성 넘을까

언론을 친애하고 국론이 하나 되어
남에게 이익되게 하는 일 보여주고
후세의 시대 사람 편안히 사는 모습
우리가 어찌하여 운신이 아까우랴

작금의 국론 분열을 보노라면 안타깝다. 모두 통합을 이루고 후대 사람들이 건강하게 살아가는 모습 어찌 기성세대들이 운신을 하지 않을 수가 있을까! 지금도 늦지 않았다. 후세를 위하여 뭔가 살아갈 수 있는 바탕을 만들어 놓고 가는 것이 타당하고 존재의 가치가 아닐까 한다. 칠언율시.(2022년 임인년 3월 28일)

螺毛 나모

– 소라 두상의 모발

生善友第一大珍　생선우제 일대진
水淸滿月休息也　수청만월 휴식야
苗木栽觀鳥過作　묘목재관 조과작
自天觀友如無矣　자천관우 여무의

삶에서 좋은 친구 제일 큰 보배이다
물 맑아 보름달이 쉬어갈 것이로다
나무를 심고 보면 새들이 둥지 짓네
스스로 하늘 보는 친구는 변함없네

'소라 두상을 견주는 친구는 보배이다'라는 뜻으로 詩를 지었다. 부처님의 관상 32상 80종호를 구비한 특징을 구체적으로 열거한 것이다. 여기에 소라 두상은 32상 중에 하나이다. 불교에는 머리카락을 무명초(無明草)라 한다. 칠언절구.(2022년 임인년 3월 16일)

제2부

평등의 거리에서 천년을

梅窓節概見讚 매창절개견찬

– 매창의 절개를 보며 기리다

春日梅花窓門映　춘일매화 창문영
吾落韻成詩恁貞　오낙운성 시임정
國難守令修廳考　국난수령 수청고
詩一數吟生死無　시일수음 생사무

봄날에 매화꽃이 창문에 비치거든
그대여 낙운 성시 님 향한 절개일세
국난 중 지방관의 수청이 웬 말 인고
詩 한 수 읊고 나니 생사가 없어지네

매창의 詩 한 수를 읽다 그 절개를 보고 찬하며 지었다. 조선 선조 25년 임진왜란 때 신임 사또 趙一徹(조일철)이 전남 부안에 부임하자 매창에게 수청을 명하자 병을 핑계로 나가지 않았다. 당시 정인인 촌은 유희경이 의병으로 전쟁터에 나간 상황이었다. 그 뒤 사또의 부름을 받고 "너희가 시류를 잘한다니 落韻成詩를 하면 보내주겠다" 한다. 그런데 옷 의衣, 날 비飛, 고사리 미薇, 이 세 글자를 운을 떼면서 반드시 개구리를 주제로 읊으라고 명한다. 마침 그날은 비가 왔다는 것이다. 이에 주저 없이 나온 詩가 '春雨池塘歎無衣춘우지당 탄무의'이다. 사육신 성삼문의 절개를 빗대어 부안 사또를 서슬 퍼렇게 떨게 만들기에 충분하였다. 칠언절구.(2022년 임인년 3월 29일)

春雨池塘歎無衣 춘우지당탄무의

이매창, 지음– 李梅窓, 이향금 부안 아전, 이탕종의 딸.

春雨池塘歎無衣　춘우지당 탄무의
草中逢蛇恨不飛　초중봉사 한불비
封口生涯人若得　봉구생애 인약득
夷齊不食首陽薇　이제불식 수양미

봄비 부슬부슬 연못가에 옷도 입지 못함 서러워
풀섶에서 뱀 만나니 날지 못함 한 하노라
사람이 개구리처럼 먹지 않고 살 수 있는 생을 얻을 수만 있다면
백이와 숙제도 수양산의 고사리조차 먹지 않았으리

가난과 자신의 처지를 헐벗음으로 표현하고 자신에게 수청을 강요하는 부안, 사또(趙一徹, 조일철)를 개구리를 잡아먹으려는 뱀에 비유하면서 마지막 구절은 "수양산 바라보며 이제(夷齊)를 한하노라" 라는 사육신 중에 성삼문의 절개를 읊어 본인은 사랑하는 정인이 있어 이미 마음을 줬으니 넘보지 말라는 경고를 하는 것이다. 서슬 퍼런 사또 앞에서 죽기를 각오하고 사랑을 지키려는 매창의 속마음이 21세기 오늘날 이 시대 아름답기 그지없다. 이 시대에 미투로 혼란스런 일이 비일비재하고 아까운 목숨까지도 버리는 세상에 400여 년 전, 아닌 것을 아니다로 당당히 그것도 위의 낙운성시 詩로써 말할 수 있었다는 것 차체가 충격이 아닐 수 없다. 더군다나 절대적인 갑, 을 관계 속에서 부안, 사또 또한 문을 겸비한 위인이라 은근히 재미있는 장면이 아닐 수 없다. 낙운 성시를 띄워 주제를 개구리로 하라고 하니 매창을 시험에 들게 하는 아량을 베풀었을 것이다. (2022년 임인년 3월 29일)

이 위대한 여류 시인의 귀한 글을 이 필지에 기록을 남긴다.

– 매창 시인의 낙운 성시를 감천 관음정사 금당에서 納子普友 서문을 기록함.

南北統一望 남북통일망

– 남북통일을 바라며

平和遙音樂化在　평화요음 악화재
隣間國家間倫考　린간국가 간륜고
戰線偭手手握觀　전선면수 수악관
暖體溫也皆感來　난체온야 개감래

水晶體睛面光見　수정체정 면광견
一步縮十番思爲　일보축열 번사위
爭根據無心音聞　쟁근거무 심음문
鳩天飛祝福同爲　구천비축 복동위

평화는 아득하게 노래가 되어있고
이웃 간 국가 간에 도리를 헤아리며
전선을 마주 보고 손에 손잡아 보면
따뜻한 체온 역시 다 같이 느낌 오네

수정체 눈동자는 얼굴에 빛을 보고
한걸음 물러섰어 열 번을 생각하면
다툴 일 근거 없는 마음의 소리 듣네
비둘기 하늘 날아 축복이 함께하길

남북이 대치상황에서 오랜 세월 휴전 중이다. 아직도 우리는 전쟁 중의 휴전일 뿐이므로 하나의 단합된 힘이 필요하다. 돌이켜 생각하면 생각의 차이일 뿐 외세의 침략이 우리를 멍들게 하였다. 그것이 분열이다. 이제는 세계가 아이티 시대다. 속속들이 알게 되는 현실인데 다툰다는 것은 아이러니다. 함께 살아가는 아름다운 평화를 건설하자는 뜻을 담아 이 詩를 지었다. 칠언율시.(2022년 임인년 3월 30일)

廻向 회향

單番必行路 단번필행로
日常心業修 일상심업수
平素熟眠之 평소숙면지
門風紙風眠 문풍지풍면

無音歸泉知 무음귀천지
知播佛陀心 지파불타심
下心三禮爲 하심삼례위
會者定離是 회자정리시

한차례 반드시 가야 할 길이기에
날마다 마음의 업을 닦아 서로
평소에 곤하게 잠자듯이 가면
문풍지 바람이 잠을 자면 조용히

무음의 돌아감 알게 되리라
안다고 베풀다 부처 마음 닮어
하심의 마음에 절을 한다면
만나면 언젠가 헤어지며 아쉽네

사람은 이 세상에 와서 갖은 풍화와 유혹을 견디며 살다가는 두 번도 아니고 한번은 왔던 길 가야 할 때가 있다. 인생은 무상함을 사람의 힘으로 어찌할 수 없는 이별의 아쉬움이 있다. 겸손한 마음으로 조용히 정리할 일이다. 오언율시. (2022년 임인년 3월 30일)

一切圓通 일체원통

– 일체는 원통, 원융 무애다

其見生手反　기견생수반
反手而手非　반수이손비
其熟言手未　기숙언수미
喜悲咸刹羅　희비함찰라

生滅根本無　생멸근본무
九氣孔風逝　구기공풍서
呼吸來往乎　호흡래왕호
其以熟慾取　기이숙욕취

이보게 산다는 것 손바닥 뒤집는 것
뒤집힌 손바닥이 그대 손 아니든가
그 누가 말을 해도 내 손만 못하더라
기쁨과 슬퍼함도 모두가 찰나인데

나지도 멸할 것도 근본은 없음이며
아홉 구 숨구멍도 바람이 지나가지
날숨과 들숨들이 왔다가 가는 것을
그 이상 무엇 하러 욕심을 취하겠나

세상사 모든 것 원통의 원융무애 한 대자유의 아름다움인데 그 아름다움 그대로 봄이 어떠한가. 꽃을 꺾어 취함이 아니 꺾음보다 못하리니... 오언율시.(2022년 임인년 3월 31일)

仁王山思 인왕산사

– 인왕산을 생각하며

漢江碧浪水深量　한강벽랑 수심량
仁王山廣庭幽遠　인왕산광 정유원
隣民草脊柱摺也　련민초척 주접야
帝言一節血稅流　제언일절 혈세유

한강의 푸른 물결 물 깊이 헤아리네
인왕산 넓은 뜰이 아득히 멀리 있고
힘없는 백성들은 허리가 꺾이로다
임금의 말 한마디 혈세만 흘러가네

옛날이나 지금이나 임금 만나기가 민초는 어렵다. 민의의 소리 못 듣는 담이 높기만 하고 혈세만 낭비한다는 뜻으로 이 詩를 지었다. 지도자는 민의 소리를 열린 마음으로 들으라는 말이다. 칠언절구. (2022년 임인년 3월 30일)

露西亞侵略 노서아침략

– 러시아의 우크라이나 침략

如來而我佛告尼　여래이아 불고니
世界苦衷衆生于　세계고충 중생우
生命奪濟度光明　생명탈제 도광명
各其正人生活爲　각기정인 생활위

地球環境爭末無　지구환경 쟁말무
各各貪慾怨天衝　각각탐욕 원천충
頭上銃彈飛心穹　두상총탄 비심궁
窠壞焉入處爲去　과괴언입 처위거

人間皮由地獄作　인간피유 지옥주
各其觀望聲滿爲　각기관망 성만위
國民地下屬隱在　국민지하 속은재
飢寒氣耐邈然爲　기한기내 막연위

國境出入行列態　국경출입 행렬태
亂中倪兒目笑拂　난중예아 목소불
天眞其態天使各　천진기태 천사각
皮家人間父母非　피몽인간 부모비

여래여 너와 나의 부처님 아뢰오니
세계의 고통받는 중생을 구하소서
목숨을 빼앗는 일 제도케 밝음 주며
저마다 바른 인생 살리게 하옵소서

지구의 환경 속에 다툼이 끝이 없고
제각기 욕심 속에 원망은 하늘 찔러
머리 위 총알 날아 마음이 막다르고
둥지가 무너지니 어디에 입처할까

사람의 가죽 쓰고 지옥을 만드는데
저마다 바라보는 소리만 가득하네
국민들 지하 속에 숨어는 있지만은
배고픔 차가움이 견디기 아득하네

국경의 가고 오고 줄 서는 모습 보니
난 중에 어린아이 눈웃음 스치는데
천진한 그 모습이 천사가 각각일까
가죽 쓴 사람들도 어버이 아니한가

2022년 임인년 2월 24일 러시아가, 우크라이나 영토를 침공한 사건을 보고 이 詩를 지어 남긴다. 경우가 어떠하든 지구상 전쟁은 없어야 한다. 그로 인한 수많은 죄없는 사람과 터전을 쑥대밭으로 만들어 놓은 이러한 참상을 그 누가 책임을 지랴. 평화가 공존하는 인류의 보편적 가치를 그 누구도 구속하지 못함을 알게 하고 또 알아야 한다. 평화는 지구 종말이 다하도록 영원할 것이다. 칠언장시.(2022년 임인년 3월 31일)

民心 민심

– 백성의 마음

山門東風外音聞 산문동풍 외음문

松手矣眼以見於 송수의안 이견어

濁水生物政民嗚 탁수생물 정민오

民意悟在民憂爲 민의오재 민우위

산문 속 봄바람에 바깥의 소리 들려

소나무 손짓하며 눈으로 보게 하네

흐린 물 생물 정치 민초는 한탄하고

민의는 깨어있고 백성이 걱정하네

2022년 대한민국 제20대 대통령 선거를 앞두고 나라의 흥망이 걱정되어 지어보았다. 칠언절구.(2022년 임인년 3월 5일)

緣覺 연각

– 僻支佛(벽지불)

春雨瀧瀧花葉濡　춘우롱롱 화엽유
梅花枝雨水滴露　매화지우 수적로
滴屬宇宙透明態　적속우주 투명태
余輩腹察覽見也　여배복찰 람견야

봄비가 부슬부슬 꽃잎이 젖었는데
매화꽃 가지에는 빗물이 방울지어
방울 속 우주에는 투명한 모습이지
우리네 속마음을 들여다보겠구나

우주 공간 속 어디든 벽지불이 상주하여 세상의 온갖 말, 행동, 일거수일투족을 밤낮없이 보고 듣고 있으므로 함부로 언행을 조심하여야 하는 뜻에서 이 詩를 지어보았다. 칠언절구.(2022년 임인년 3월 31일)

後悔 후회

今也非氣候變化 금야비기 후변화
稚心沐浴津濁有 치심목욕 진탁유
惡臭發香側極致 악취발향 측극치
焉狽化量何有以 언패화량 하유이

泉快爲飮時夢如 천쾌위음 시몽여
峽流水飮快動無 협류수음 쾌동무
生水買水日常化 생수매수 일상화
貴水汚染過誤悔 귀수오염 과오회

이것이 아니었네 기후가 변화될 줄
어릴 적 목욕하든 강기슭 탁류 있어
악취가 풍기는데 가까이 갈 수 없는
어떻게 이리 되길 헤아림 있었으리

지하수 시원하게 마실 때 꿈만 같고
개울물 마시고도 상쾌함 변함없네
생수 물 사 먹는 일 날마다 되어버린
귀한 물 오염시킨 과오를 뉘우친다

환경오염으로 인하여 어릴 적 개울물에 멱을 감던 기억이 아련하여,,, 후회가 막급하다. 물 귀한 줄 모르고 사 먹는 일상이니 그래서 이 詩를 지어본다. 칠언율시.(2022년 4월 3일)

春日讚 춘일찬

– 봄날을 기록함

前山眞杜香氣揚 전산진두 향기양
房門啓給梱越也 방문계급 곤월야
面見慘去出河離 면견참거 출하리
春日東風痒搔任 춘일동풍 양소임

山稜線看花赤嫈 산능선간 화적앵
蜂蝶飛入蘂輾也 봉접비입 예전야
季節而我風流嗜 계절이아 풍류기
陽靑天嚶鳴謠爲 양청천앵 명요위

앞산의 진달래꽃 꽃내음 날리는데
방문을 열어주니 문지방 넘는구나
날 보기 애처로워 가실 땐 언제이고
봄날의 샛바람에 가려움 긁어 주네

산 능선 바라보니 꽃 붉어 수줍고
벌 나비 날아들어 꽃술을 감는구나
계절은 너와 나의 풍류를 좋아하니
한낮의 푸른 하늘 새들은 노래하네

봄날을 총칭하여 지어본 詩 이다. 칠언율시.(2022년 임인년 4월 3일)

奉祝還 봉축환

– 봉축을 돌아보다

今年香欛常春日 금년향악 상춘일
佛誕辰日奉祝逢 불탄신일 봉축봉
後回經來後海爲 후회경래 후해위
修行顧點檢拒見 수행고점 검골견

萬年座坐孰何如 만년좌좌 숙하여
禪定審見鏡化在 선정심견 경화재
鏡中面鏡見殼矣 경중면경 견각의
如來逢食賊化有 여래봉식 적화유

各其五眼我相滿 각기오안 아상만
出家僧侶禪敎一 출가승려 선교일
過見根本初發見 과견근본 초발견
方便由輕重在以 방편유경 중재이

寺門本來態見憫 사문본래 태견민
大德一切智對難 대덕일체 지대난
一日比來座爭以 일일비래 좌쟁이
萬衆生看目以恐 만중생간 목이공

逸脫影覺劣面隱 일탈영각 렬면은
其焉佛弟子片示 기언불제 자편시
後悔知化歡滿爲 후회지화 환만위
理判事判僧緣佳 이판사판 승연가

護國前乎休靜在 호국전호 휴정재
惟政後繼亦國救 유정후계 역국구
其焉理事判各行 기언이사 판각행
國運幾殆統一心 국운기태 통일심

傳統文化依承定 전통문화 의승정
國文化千年前在 국문화천 년전재
其乙外面未來暗 기을외면 미래암
平等距離千年前 평등거리 천년전

歷史三女王承國 역사삼여 왕승국
男女性平等敢言 남녀성평 등감언
第子同體有今知 제자동체 유금지
如來本態慧應答 여래본태 혜응답

微物傷果報我受 미물상과 보아수
果報傷心爪位土 과보상심 조위토
死後人身受難也 사후인신 수난야
其乙知亏迷路偉 기을지우 미로위

利生出生孰化矣 이생출생 숙화의
此身死死萬劫死 차신사사 만겁사
人人亏生命吹含 인인우생 명취함
愛之幸福感焉比 애지행복 감언비

올해도 향기로운 꽃이 핀 일상 봄날
부처님 오신 날 봉축을 맞이하여
뒤돌아 지나온 길 후회가 깊어지고
수행을 돌아보며 점검을 들춰보니

많은 해 방석 앉아 무엇을 하였던가
선정에 살펴보니 거울이 되어있고
거울 속 비춰보니 껍데기뿐이더라
여래를 만나 뵙길 밥도둑 되어있어

저마다 다섯 눈이 아상이 가득하고
집 떠난 승려들은 가르침 하나인데
예전에 근본들이 처음을 보게 하네
방편을 말미암아 경중이 있겠으나

사문의 본래 모습 보기가 민망하다
대덕의 성문 연각 대하기 어려워라
하루가 멀지 않은 자리를 다툼하여
만 중생 바라보니 눈빛이 두렵구나

일탈의 그림자를 깨닫지 못하면은
그 어디 불제자라 명함을 보이겠나
잘못을 알게 되면 기쁜일 가득하리
기도 승 살림 승려 인연이 아름답지

호국의 앞날에는 휴정이 있었다네
유정이 뒤를 이어 또 나라 구원하고
그 어디 이 사판이 따로이 갔을까나
나라의 위태로움 하나 된 마음으로

전통의 문화 따라 계승을 바로잡고
나라의 문화들이 천년을 앞서있는
그것을 외면하면 미래가 어두울 뿐
평등의 거리에서 천년을 앞서는데

역사의 셋 여왕이 이어 온 나라일세
남녀의 성 평등을 함부로 말씀 말게
제자들 한 몸 되어 있음을 바로 알아
여래의 본모습을 깨달아 응답하세

미물을 혜치면은 과보는 내가 받고
과보로 다친 마음 손톱 위 흙 이리요
사후에 사람 몸을 받기가 어렵도다
그것을 알기까지 미로 길 걸어왔네

이생에 출생하여 무엇이 되겠느냐
이 몸이 죽어죽어 만겁을 죽어서도
사람이 사람에게 생명을 불어넣는
사랑과 행복감이 어디에 견주 리요

매년 부처님 오시는 날 봉축을 하면서 지나온 시간을 유추하며 반성의 사고를 해보는 마음으로 이 詩를 지어본다. 칠언장시. (2022년 임인년 4월 5일)

春節 춘절

– 봄의 계절

春日山山新芽起　춘일산산 신아기
木於枝枝蕾挺也　목어지지 뢰정야
花笑鳥鳴東風來　화소조명 동풍래
峽流煎花飮鵑笑　협류전화 음견소

봄날에 산산에는 새싹들 일어나고
나무에 가지가지 봉오리 돋는구나
꽃 피고 새가 울면 샛바람 불러 놓고
개울가 화전놀이 진달래꽃이 피네

봄날의 즐거움을 미화한 詩이다. 봄이 되어 옛날이 생각나 지어본다. 칠언절구.(2022년 4월 3일)

童心思惟 동심사유

– 어린 마음 생각하며

兒也今夜天彼星　아야금야 천피성

側觀在膳物給爲　측관재선 물급위

天意嘒星亏去無　천의혜성 우거무

器水備星徒受見　기수비성 도수견

아이야 오늘 밤은 하늘의 저 별들을

가까이 볼 수 있는 선물을 주려는데

하늘의 반짝이는 별에게 갈 수 없어

접시 물 갖춰지면 별 무리 받아보렴

아기들의 동심을 사유하여 지어본 詩이다. 칠언절구.(2022년 4월 7일)

孝心 효심

秋墻傍柿紅柿懸　추장방시 홍시현
見美天乎太陽如　견미천호 태양여
冥眠夜天月旋轉　명면야천 월선전
轉轉加木乎攣在　전전가목 호련재

盈月考餠共似雙　영월고병 공사쌍
母炙考餠慏樣猶　모자고명 모양유
取用親乎獻木昇　취용친호 헌목승
墾願所風以搖也　간원소풍 이요야

가을에 담장 옆에 감나무 홍시 달려
보기가 아름다워 하늘에 해와 같고
어둠이 잠을 자는 밤하늘 달은 굴러
구르다 구르다가 나무에 걸려있어

둥근달 호떡같이 닮았네 쌍생처럼
어머니 구운 호떡 모양이 똑같구려
가져다 어버이께 드리려 나무 올라
간절히 원하는데 바람이 흔드느냐

젊음이 지나 가을이 되어가는 인생 자연 풍경을 바라보며 먼저 가신 부모님 생각하며 늦게나마 효의 가르침을 유추하여 이 詩를 지어본다. 칠언율시.(2022년 4월 7일)

村夫言 촌부언

– 촌부의 말씀

貧草野村夫荒食　빈초야촌 부황식
麥食豉羹天下一　맥식시갱 천하일
臍泰山化羨滿爲　제태산화 선만위
溪脰水野乎臥也　계두수야 호와야

天乎著雲到那邊　천호저운 도나변
思以然心以愰也　사이연심 이황야
山越大處我見無　산월대처 아견무
義不席總竹斤哭　의불석총 죽근곡

가난한 초야 촌부 거칠한 밥이지만
보리밥 된장국은 천하에 제일이지
배꼽은 태산 되어 부러움 가득하고
시냇물 목축이고 들녘에 누웠느냐

하늘의 저 구름아 닿을 곳 어디 더요
생각이 그러하니 마음이 들뜨구나
산 넘어 도시에는 내 볼일 없지만은
의롭지 못한 자리 언제나 댓잎 우네

시골 아버지들이 어려운 난국을 푸념하듯 이야기하는데, 자연을 벗하여 도시에는 관심 없고 의롭지 않은 곳은 언제나 칼바람이 인다는 뜻으로 이 시를 지어본다. 칠언율시.(2022년 4월 12일)

무명초는 뿌리가 없다

보우

제3부

소쩍새 솥 적다고 밤새운 울음소리

必然 필연
– 그리 되리라

解春潤水溪谷流　해춘민수 계곡유
風乎落葉土壤歸　풍호락엽 토양귀
風塵遷琉頭上霜　풍진천류 두상상
蟻幼蟲宇皆膚閉　의유충우 개부폐

눈 녹아내린 물은 계곡에 흘러가고
바람에 떨어진 잎 흙으로 돌아가리
풍진에 세월 흘러 머리에 서리 내려
개미도 유충 집도 다 함께 움츠리네

눈 녹은 물도 떨어진 나뭇잎도 온 곳으로 돌아가고 사람도 역시 늙으면 그리되지, 그런 생각을 하면서 이 詩를 지어본다. 칠언절구.(2022년 4월 12일)

恁戀 임련

\- 임 그리워

春日來我恁焉往 춘일래아 임언왕

古時我去往郎恁 고시아거 왕랑임

青春戀人涕花雨 청춘연인 체화우

襪足跗爲潤潤在 말족부위 윤윤재

봄날은 왔건만은 내임은 어디 갔소

옛 시절 날 버리고 가버린 낭군임아

그 시절 그리웠어 눈물이 꽃비 되어

버선발 발등 위를 적시고 젖고 있네

봄날이 왔는데 누구나 사랑하는 임은 먼 길 가신 지 오래이고 그때 그 시절 그리워 눈물이 꽃비 되도록 울고 있는 내용으로 이 詩를 지어본다. 칠언절구.(2022년 4월 12일)

經勸 경권

– 경을 권하다

總金剛經纂極心 총금강경 찬극심
讀誦惠諒罪業消 독송혜량 죄업소
精神淸知慧得化 정신청지 혜득화
衆生敎功德限量 중생교공 덕한량

憂消滅化佛傍生 우소멸화 불방생
賢美多眷屬逢爲 현미다권 속봉위
萬歲花雨飛園香 만세화우 비원향
正法若是妙逢矣 정법약시 묘봉의

언제나 금강 경찬 극진한 마음으로
독송을 혜량 하면 허물이 사라지며
정신이 맑아지고 지혜를 얻게 된다
중생에 가르치면 공덕이 한량없어

괴로움 소멸되어 부처님 곁에 나서
어질고 아름다울 다 권속 맞이하고
만세에 꽃비 날려 동산이 향기롭네
바른길 이와 같이 미묘함 만나리라

경전을 소개하자면: 금강경 경찬을 권한다 하면서 지은 詩이다.
칠언율시.(2022년 4월 12일)

德性 덕성

– 어진 성품

人生德在人朋有　인생덕재 인붕유
每事公明自知得　매사공명 자지득
心同一體內外淸　심동일체 내외청
孤寂尋來其其暫　고적심래 기기잠

인생에 덕이 있는 사람은 벗이 있지
일마다 공명하면 스스로 알게 되고
마음이 동일체면 안과 밖 깨끗하지
외로움 찾아오면 그것은 잠깐이네

사람이 자고로 살아가면서 덕이 있어야 친구가 많다. 더군다나 공명하면 그 깊이는 한량없음이며 덕이 있다 하나 인간이기에 쓸쓸함은 잠깐이지,,, 하면서 이 詩를 지어본다. 칠언절구.(2022년 임인년 4월 12일)

本搜 본수

– 근본을 찾다

雪山高高峰見無　설산고고 봉견무

心泉深深底見無　심천심심 저견무

殼宿皮水式洗見　각숙피수 식세견

一身回見自身根　일신회견 자신근

설산이 높고 높아 봉우리 볼 수 없고

마음 샘 깊고 깊어 바닥을 볼 수 없어

껍데기 묵은 껍질 물로써 씻어보니

일신을 돌아보자 스스로 뿌리더라

법이 높아 깊이도 깊어 찾을 수 없더니 오래된 허물을 씻고 돌아보니 내가 뿌리더라. 그렇게 알고 나서 이 詩를 지어본다. 칠언절구.(2022년 임인년 4월 12일)

飢恨 기한

– 굶주림의 한

蜀魄鼎少罔夜鳴 촉백정소 망야명
婦怨恨懷躑赤葉 부원한회 척적엽
一頭鳥化躑發日 일두화조 척발일
溪谷乎里每哀泣 계곡호리 매애읍

소쩍새 솥 적다고 밤새운 울음소리
며느리 원한 품은 철쭉꽃 붉은 꽃잎
한 마리 새가 되어 철쭉꽃 피는 날에
계곡에 마을마다 슬프게 울음 운다

아득히 먼 옛날 고려 중엽 강원도 어느 산골 며느리와 소쩍새의 전설을 생각하며 이 詩를 지어본다. 칠언절구.(2022년 임인년 4월 14일)

痕迹從 흔적종

– 흔적을 좇다

七點山痕無 칠점산흔무
三叉水天見 삼차수천견
古神仙焉往 고신선언왕
詩流河身圠 시류하신알

칠 점 산은 흔적 없고
삼차 수는 하늘만 보이네
옛 신선 어디로 가고
詩 흐른 강줄기 끝이 없네

고대사의 흔적을 찾다가 이 詩를 지어본다. 멀리 고대사에서~조선조까지 이어져 온 칠점산 근대에서 사라진 애석함이 있다. 가락국 거등왕이 칠점산 참시선인을 부르니 배를 타고 온 까닭에 초현대란 이름이 유래되었다고 전한다. 현재는 김해 공항 비행장(공군부대) 안쪽에 일부분이 있을 뿐이다. 국가 인프라 발전도 중요하지만 이러한 고대사적 귀중한 문화유산은 소멸시켜야 할 이유가 있겠지만 한 번 더 생각을 해보고 실행하였으면 하는 바램이다. 칠점산에 관한 옛 선조들의 주옥같은 詩가 많음에도 문헌적인 연구밖에 할 수없는 것이 정말 안타까운 일이다. 오언절구.(2022년 임인년 4월 14일)

心牛角 심우각

– 마음의 소를 깨우다

迷惑三界乎佛明 미혹삼계 호불명
慾望觀而多法說 욕망관이 다법설
貴法隱在智菩薩 귀법은재 지보살
眞理蓄易言無非 진리축이 언무비

學因緣屬目前黑 학인연속 목전흑
個體疑全體離矣 개체의전 체리의
印訣筏藥隨時曉 인결벌약 수시효
多緣蜘網自由觀 다연지망 자유관

미혹의 일체 계에 부처님 나투시고
욕망을 관하면서 많은 법 설 하시네
귀한 법 무게 있고 지혜의 보살들은
참 진리 간직한 채 쉬운 말 아니하니

배움의 인연 속에 눈앞이 어두우면
개체가 의심하여 전체가 떠나가리
예부터 뗏목 약을 때때로 일러주어
많은 연 거미줄에 자유를 보게 하라

마음의 잠자는 소를 깨워 대 자유를 보게 할 의무가 불제자들에게 있다. 그래서 이 詩를 지어본다. 칠언율시.(2022년 임인년 4월 12일)

黃帶 황대

– 노란띠~리본

八年化也焉忘理　팔년화야 언망리
校庭櫻花如爾明　교정앵화 여이명
每年曄校庭開者　매년엽교 정개자
尙今其船也莫勿　상금기선 야막물

子息幼心親心屬　자식유심 친심속
其焉擬寒水深海　기언의한 수심해
幾戰兢兢我心裂　기전긍긍 아심렬
今白花孟骨乎撒　금백화맹 골호살

팔 년이 되었구나 어떻게 잊으 리요
학교의 벚꽃 같은 너희들 밝은 모습
해마다 하얀 꽃들 학교에 피는 것을
아직도 그 배야고 하지들 말아다오

아들딸 어린 가슴 어버이 가슴속에
그 어디 비길쏘냐 차가운 깊은 바다
얼마나 떨었을까 내 가슴 찢어지네
오늘도 하얀 꽃을 맹골에 뿌려본다

2014년 4월 16일 어처구니 없는 세월호 참사에 희생된 304명의 8주년에 부처 명복을 빌며 이 詩를 지어본다. 칠언율시.(2022년 4월 16일)

未來事 미래사

– 앞으로 닥쳐올 일

我專專活舊是化 아전전활 구시화
崽貴其累加惶也 재귀기누 가황야
倒傷手危意寶物 도상수위 의보물
一步絶壁二眼選 일보절벽 이안선

世亥世市希絶壁 세해세시 희절벽
苦難體得一角無 고난체득 일각무
不覺不一俗難逼 불각불일 속난핍
少生計疊鯨浪波 소생계첩 경랑파

나 홀로 홀로 생활 일상이 되어버린
자식의 귀한 줄을 그 누가 모르느냐
넘어져 다칠세라 손 위의 보물인데
한걸음 낭떠러지 두 눈이 가려있네

인간세 말세인가 희망이 절벽이오
어려움 체득한 일 일각도 없음에야
생각지 못함 속에 어려움 닥치는데
젊은이 살아갈 길 첩첩의 파도이네

미래에 닥쳐올 재난을, 우리 젊은이들은 큰 어려움 없이 지내온 의식만으로 굴곡의 체험없이 견딜 수 있을까 하는 염려가 되어 이 詩를 지어본다. 칠언율시.(2022년 임인년 4월 21일)

萬波息笛 만파식적

大笒七星孔　대금칠성공
萬波三靈風　만파삼령풍
徐羅伐千世　서라벌천세
累代運樂章　누대운악장

我相回向響　아상회향향
和爭是門開　화쟁시문개
三國興武公　삼국흥무공
風月道舞蹈　풍월도무도

대금의 칠성 별점
만파의 천인 바람
서라벌 천년 세월
누대로 옮긴 악장

아상을 돌린 가락
화쟁이 문을 열고
삼국의 흥무공은
풍월도 춤을 추네

고대의 전설적인 문화를 사고하며 십여 년 전 경주지역에 다년간 주석하면서 만파식적에 관한 기록의 구전 이야기를 들을 수 있었다. 그 이야기를 기억하며 이 詩를 지어본다. 오언율시.(2022년 임인년 4월 23일)

星科對話 성과대화

– 별과의 이야기

夜天星光彼異燦　야천성광 피리찬

我亏來亏幾流也　아우래우 기류야

我眼見星瞬間時　아안견성 순간시

太陽于隱座爾嘒　태양우은 좌이혜

밤하늘 별빛들은 저리도 찬란한데

나에게 오기까지 얼마나 흘렀느냐

내 눈에 보이는 별 순간의 시간인데

태양이 숨은 자리 너희가 반짝인다

밤하늘 밝은 별들이 반짝이는 모습 생각으로 별과의 이야기를 하며 이 詩를 지어본다. 칠언절구.(2022년 4월 7일)

究極 구극

– 완전한 상태

大乘眞理式 대승진리식
智慧燭明興 지혜촉명흥
菩提覺至觀 보제각지관
心平和得寂 심평화득적

큰 경지의 참된 도리로서
지혜의 등불 밝혀 일으키고
보리의 깨달음에 이르름 관하여
마음에 평온을 얻음 고요 하리

마하 반야 바라밀을 요약하여 이 詩를 지어본다. 오언절구.(2022년 임인년 4월 14일)

神仙立處 신선입처

– 신선이 머문 곳

山絶庱海門空在　산절곳해 문공재
天神葛島觀景矣　천신갈도 관경의
窓外蓬萊山霴笠　창외봉래 산체립
簾拂觀神仙下降　렴불관신 선하강

산들이 끊어진 곳 해수 문 허공 있어
하늘 신 해금강을 바라본 경치여라
창밖에 봉래산에 구름 낀 삿갓 있어
발 걷어 바라보니 신선이 내렸구나

부산에는 유독 신선에 관련된 마을과 산이 많다. 그래서 영도 봉래산을 삼신봉으로 삼아 이 詩를 지어본다. 봉래산은 일제 시절 산의 정기를 뺏어 국운을 쇠퇴시킬 목적으로 '고갈산' 이라 바꿔 불리워진 아픈 상처가 있다. 칠언절구.(2022년 임인년 4월 14일)

제4부

한 발자국 천 리길

茶語 차어

– 차 이야기

愛擘頸指茶葉態　애벽경지 다엽태
天氣天酒續命因　천기천주 속명인
葉末露珠天淸在　엽말노주 천청재
穀雨茶初香心寂　곡우차초 향심적

사랑의 엄지검지 찻잎의 모습이여
천기의 천주 속에 목숨을 이어받아
잎끝에 이슬방울 하늘이 맑아 있어
곡우 차 첫 향기에 마음이 고요하네

차를 달여 마시며 생각이 나 지어본 詩이다. 우리말에 '다반사~항다반사'라는 말이 있다. 차는 우리 일상에 사교, 우정, 여가, 대인관계, 한담 등 즐기는데 차처럼 중요하고 직접적인 효과가 있는 것은 이보다 없을 것이다. 칠언절구.

불가에는 다음과 같이 다게송을 하고 있다.

今將甘露茶　금장감로다
奉獻三寶殿　봉헌삼보전
監察虔墾心　감찰건간심
願垂哀納受　원수애납수
願垂哀納受　원수애납수
願垂慈悲哀納受　원수자비애납수

지금 감로차를 달이어서
삼보님 앞에 올리오니
제자의 간절한 정성 굽어살피시어
원컨대 애처롭게 받아 주시옵소서
원컨대 자비를 드리우사 애처롭게
여기시어 받아주소서!

감로란 원래 불사不死의 뜻으로 천인들이 드시는 달콤한 천주天酒라고 한다. 그래서 불사약不死藥이라고도 한다. (2022년 임인년 4월 26일)

六法供養 육법공양

– 여섯 가지 공양

數群隣人見冥道 수군린인 견명도
自身愛着無燒燈 자신애착 무소등
四輿正眞滿香飛 사여정진 만향비
群是峻感性茶入 군시준감 성차입

生莊嚴恁亏花獻 생장엄임 우화헌
心是爛喜乎果而 심시란희 호과이
福田培養望米見 복전배양 망미견
一胞起胞佛法見 일포기포 불법견

수많은 이웃사람 바라본 어두운 길
제 몸은 아낌없이 불태워 불 밝히고
온누리 바른 진리 가득히 향기 날 여
많은 이 아름다운 감성의 차를 드네

탄생의 장엄함에 님에게 꽃을 드려
마음이 무르익은 기쁨의 열매로서
복 밭을 가꾸셨듯 희망의 쌀을 보면
한 방울 기포에도 부처님 법을 보네

초파일 날 봉축 행사를 생각하며 지은 詩이다. 부처님 전에 등, 향, 차, 꽃, 과일, 쌀이 여섯가지 공양품을 부처님 상단에 올리는 것이다. 칠언율시.(2022년 임인년 4월 26일)

沙果木見 사과목견

– 사과나무를 보며

庭乎沙果花開有　정호사과 화개유
五葉白色葉謚在　오엽백색 엽익재
心是俯揖禮爲也　심시부읍 예위야
朗報心我也謚給　낭보심아 야익급

陽乎飛入蜂蝶舞　양호비입 봉접무
葉乎歍虛空乎飛　엽호오허 공호비
職蜂憁日日課原　직봉총일 일과원
秋月乎陽縣景見　추월호양 현경견

마당에 사과나무 꽃들이 피고 있네
다섯 잎 하얀색의 꽃잎이 웃고 있어
꽃술이 고개 숙여 인사를 하는구나
반가운 마음으로 나 역시 웃어 주네

한낮에 날아든 벌 나비 춤을 추며
꽃잎에 입 맞추고 허공에 날으는데
일벌들 분주하게 하루의 일과들이
가을에 태양처럼 매달린 해를 보네

뜰에 사과나무 한 그루 있어 꽃이 피길래 그 모습을 보고 상상으로 지어본 詩이다. 칠언율시.(2022년 임인년 4월 22일)

犧牲 희생

– 남을 위해 희생함

底江江爲水入劣　저강강위 수입열
木自乎實仂絶食　목자호실 륵절식
天太陽光自不照　천태양광 자불조
花群自爲香氣播　화군자위 향기파

저 강은 강을 위해 물먹지 않습니다
나무는 스스로에 열매를 먹지 않아
하늘에 태양 빛은 자신을 안 비추고
꽃들은 자신 위해 향기를 뿜지 않네

자연의 법칙은 이렇게 남을 위해 공생합니다. 아름다운 희생으로 다른 피조물이 행복합니다. 칠언절구.(2022년 임인년 5월 13일)

恤 휼

– 불쌍하다

往日踐年難居契 왕일천년 난거계
一家庶徒小房居 일가서도 소방거
父父加生活家垈 부부가생 활가대
現今餘裕白是無 현금여유 백시무

不惑晝夜肄德分 불혹주야 이덕분
幾多人其狀況知 기다인기 상황지
當代少應當然固 당대소응 당연고
感謝眼目省見盡 감사안목 성견진

好合父緣幾貴理 호합부연 기귀리
一步絶壁對處化 일보절벽 대처화
我獨囚心其曷知 아독수심 기갈지
死後遺産心情望 사후유산 심정망

今非曷在言欲敢 금비갈재 언욕감
是咸我因悔蹙來 시함아인 회축래
初野生花化息欲 초야생화 화식욕
徒長風個乎隣倒 도장풍개 호련도

지난날 많은 세월 어려운 살림살이
한 가족 여러 명이 작은방 살았었지
아버지 아버지가 생활의 집의 터전
오늘날 여유로움 거져가 무릇 없음

불혹에 낮과 밤의 노력한 덕분인걸
얼마나 많은 사람 그 상황 알겠는가
이 시대 젊은이는 당연히 그런 줄을
감사함 눈빛으로 살펴도 보겠지만

잘 만난 아버지 연 얼마나 귀하리오
한걸음 낭떠러지 준비가 될까만은
나 혼자 갇힌 마음 그 누가 아오리오
죽은 뒤 남겨놓을 마음속 희망들을

이제 와 누가 있어 하소연하려 하랴
이 모두 나로 인한 후회가 닥쳐오리
처음에 야생화로 키워야 했었는데
웃자란 바람 키에 힘없이 넘어지네

요즘 시대 젊은이들 힘든 일을 하지 않으려 한다. 거저 쉬운 일만 하려 하니... 어려운 고난이 닥쳐오면 거기에 대한 대배책도, 고난을 이겨낼 인내심도 없어, 그저 바람 앞에 등불처럼 미래가 걱정되는 생각에 이 詩를 지어본다. 칠언장시.(2022년 임인년 4월 28일)

道傍于 도방우

– 길가에서

巷乎橫熒一二瞬 항호횡형 일이순
銅色纁越一日暮 동색훈월 일일모
往往諸所夢一日 왕왕제소 몽일일
道傍越琉甁半續 도방월류 병반속

我態映裂形相原 아태영렬 형상원
俺本態是不望矣 엄본태시 불망의
偏心國論分裂化 편심국론 분열화
其態半琉續于見 기태반류 속우견

거리에 가로등 불 하나둘 깜짝이고
구릿빛 노을 넘어 하루가 저물어간
이따금 모든 것이 꿈을 꾼 하루였지
길가에 흐트러진 유리병 조각 속에

내 모습 비춰지는 찌어진 형상들이
우리들 본모습이 아니길 바라도다
반쪽의 마음으로 국론이 분열되어
그 모습 조각 유리 속에서 보게 하네

해 질 녘 길을 가다가 길가에 앉아 있는데 가로등이 하나둘 눈을 뜨는 그 반사에 길가 흐트러진 유리병 깨어진 파편 속에 나의 형상이 찌그러진 모습으로 비치었다. 그 모습이 마치 반쪽의 마음으로 현재의 국론이 분열되는 모습을 본 듯하여 이 詩를 지어본다. 칠언율시.(2022년 임인년 4월 29일)

虛空處定 허공처정

– 빈 허공 그곳을 바르게 봄

昨燥渴色法在矣 작조갈색 법재의

昨今懇切以虛望 작금간절 이허망

憧憬這燥渴此乎 동경저조 갈차호

窓外古今虛空顯 창외고금 허공현

지난날 목마름이 형체에 있었도다

요사이 간절함이 헛되게 기다렸고

무엇이 그렇게나 목마름이었느냐

창밖은 예나 지금 허공은 뚜렷한데

우리는 깨달음의 진리가 저 멀리 있는 것으로 알고 밖으로만 몸과 생각을 찾아 헤메이고 있습니다. 바른 정견으로 볼 수 있으면 얼마나 좋을까요. 그런 생각으로 이 詩를 지어 봅니다. 칠언절구.(2022년 임인년 5월 24일)

同活世上 동활세상

– 더불어 사는 세상

宇宙普意慾泰山　우주보의 욕태산
心暫時停遺無也　심잠시정 수무야
蚇跬千里路近矣　척규천리 로근의
後代少原求生慘　후대소원 구생참

難生活現實膜爲　난생활현 실막위
況丈是羅憂何見　황장시라 우하견
難見解無齔少如　난견해무 츤소여
各其奉仕分無態　각기봉사 분무태

總及活也化世上　총급활야 화세상
隣溫我亦是熱也　린온아역 시열야
貪心滿爲爭端無　탐심만위 쟁단무
下心行續乎心白　하심행속 호심백

是見朗報是焉在　시견낭보 시언재
難配慮爲分愛手　난배려위 분애수
花開鳥鳴喜花開　화개조명 희화개
晩思化時初萬年　만사화시 초만년

우주는 광대한데 의욕은 태산이라
마음은 잠시라도 머물 수 없음이다
자벌레 한 발자국 천 리 길 가깝도다
후대의 젊은이들 살길이 참혹한데

어렵게 생활하는 현실도 막막하지
하물며 어른이라 걱정을 하여보니
어려움 견해 없는 철없는 젊은이여
저마다 남을 위한 나눔이 없는 모습

다 함께 더불어서 살아야 되는 세상
이웃이 따뜻하면 나 역시 따습구나
탐심이 가득하면 다툼이 끝이 없고
하심의 실천 속에 마음이 밝아지네

이보다 반가움이 어디에 있겠는가
어려움 배려하는 나눔의 사랑의 손
꽃 피고 새가 울면 기쁨이 꽃이 피네
늦는다 생각될 때 시작은 만년이지

어렵고 고난 속에 쉼 없이 달려온 기성세대와 비교되는 요즘 젊은 이들 어려움 모르고 온실에서 자란 듯 경쟁사회 속에서 이기적 삶을 살아온 터라 앞으로 어려운 고난이 다가오면 인내할 수 있을지 걱정이 되어 이 詩를 지어본다. 칠언장시.(2022년 임인년 4월 30일)

仙茶談 차담

– 신선의 차 이야기

徑路春花風落花 경로춘화 풍낙화

春月東風渾冬如 춘월동풍 혼동여

峭錄茶葉芽是縮 초녹차엽 아시축

山中金堂茶香滿 산중금당 다향만

一葉齙口內紮旋 일엽니구 내찰선

茶盞矞茶仙呴興 찻잔율다 선구흥

朋恁給受茶談深 붕임급수 차담심

晝夜忘歲月大數 주야망세 월대수

오솔길 봄꽃들은 바람에 낙화하지
춘월의 샛바람이 아직도 겨울 같네
산비탈 녹차 잎은 새싹이 움츠리고
산중에 금당에는 차향이 가득하네

한 잎의 진한 향기 입안에 감아돌고
찻잔의 꽃구름은 다선의 입김일까
벗님과 주고받는 차담은 깊어지고
낮과 밤 잊은 지가 세월이 대수일까

차를 하는 다인은 벗과의 차담이 깊어지며 시간과 세월을 초월한다. 신선이 선다를 하 듯하여 경이롭기까지 하다. 그러한 것을 상상하며 이 詩를 지어본다. 칠언율시.(2022년 임인년 5월 4일)

寺刹飮食供養 사찰음식공양

– 절, 음식

一身淸如爲我心 일신청여 위아심
淸玉去沙如心持 청옥거사 여심지
六身痛症痛已知 육신통증 통이지
心是痛症痛不尤 심시통증 통불우

寺亏攝取飮食受 사우섭취 음식수
其我心痛症治癒 기아심통 증치유
惜受等亦藥爲所 석수등역 약위소
余等心修行果現 여등심수 행과현

한 몸을 깨끗하게 하듯이 내 마음도
깨끗이 가꾸어야 한다는 마음가짐
육신이 아픈 것도 아픈 것이지마는
마음이 아픈 것도 아픈 것 아니든가

절에서 섭취하는 음식을 받음으로
그것은 내 마음의 아픈 것 치료 위해
소중히 받아들여 약으로 삼는 것이
우리들 마음 수행 결과로 나타나네

절에서 기도하고 수행하는 수고스러움과 남을 배려하는 아름다운 정신으로 절에 음식을 취하면 그것이 으뜸가는 보약이다. 그래서 절 음식을 약으로 삼으라 하였다,,, 그런 생각을 하며 이 詩를 지었다. 경전, 법화경, 신해품에(절 음식은 마음의 병을 고치는 약이다) 라는 설명이 있다. 칠언율시.(2022년 임인년 5월 27일)

怨望何志不生 원망하지불생

– 원망하지 않는 삶

余輩生行每同春　여배생행 매동춘
往往悲陰痛心瘞　왕왕비음 통심예
幸福在則其有別　행복재즉 기유별
痛是浹時歡感來　통시협시 환감래

悲是逼喜以知化　비시핍희 이지화
不幸知行幸福懇　불행지행 행복간
難苦難星我不幸　난고난성 아불행
化翁存在無偏別　화옹존재 무편별

우리의 살아감이 늘 함께 봄날일까
때때로 슬픈 그늘 고통을 가슴 묻고
행복만 있다 하면 그것은 구별 있지
아픔이 사무칠 때 즐거움 느낌 오고

슬픔이 다가오면 기쁨을 알게 되지
불행을 알아가니 행복은 간절하고
어려운 고난 세월 나만의 불행인 줄
조물주 존재하여 공평한 나눔이지

삶이 늘 우리에게 행복을 주는 것은 아닙니다. 때론 슬픔을 주기도 하고 아픔을 주기도 합니다. 행복을 준다면 이미 그건 삶이 아닙니다. 아픔이 있기에 즐거움을 느끼고 슬픔이 있기에 기쁨을 알고 불행을 알기에 행복함을 가슴 깊이 느끼는 것이 아닐런지요? 칠언율시.(2022년 임인년 6월 23일)

颴, 회오리 선

– 바람도 짝이 있다

天水受大地墨押 천수수대 지묵압

蘊祟靈魂敵人痕 온수영혼 적인흔

白紙上擧肩毫印 백지상거 견호인

颴畫見靈魂風也 선화견영 혼풍야

하늘의 물을 받아 대지에 먹을 찍어

쌓여온 영혼들의 한 맺힌 흔적들을

백지 위 춤사위로 붓끝에 묻어나는

회오리 그려보는 영혼의 바람이네

하늘의 뜻은 분명하여 그 뜻을 받아 먹줄을 튕겨보면 그 선은 분명하게 나타난다. 그런데 지난날 쌓아온 해묵은 상처들이 한맺힌 영혼들의 흔적 하얀 백지 위에 춤을 추듯 붓끝에 먹을 찍어 그 묻어나는 것은 거대한 회오리바람을 그린 듯 영혼의 바람이다. 이 거대한 바람은 무엇을 뜻하느냐. 오늘날 지구상의 국제정세가 회오리바람처럼 우리에게 다가오고 또 우리에게 풀어야 할 숙제가 던져진다는 뜻이다. 그러나 어떠한 난관이 온다 해도 우리는 과거도 그랬고, 현재도 그러하고, 미래 또한 이와 같음을 인식하고 부처님 가르침인 "제법실상"을 믿고 있는 그대로 바로보고 그 실상을 제도하는 것이 바로 부처님의 법이고 진리입니다. 칠언절구.(2022년 임인년 7월 14일)

淵氷齋 연빙재

雙磎山山乎屛位　쌍계산산 호병위
木鴨座書舍仙踥　목압좌서 사선첩
池位氷濂玉趾萌　지위빙렴 옥지몽
宇獨風磬其音法　우독풍경 기음법

쌍 계곡 산산에는 병풍이 품위 있고
목 오리 앉은 서사 신선이 오가는데
연못 위 살얼음에 발걸음 나타나고
처마의 홀로 풍경 그 소리 진리이네

하동의 목압마을 목압 서사 연빙재를 두고 읊어보며 이 詩를 지어 본다. 칠언절구.(2022년 임인년 9월 23일)

我珍珠 아진주

– 나의 진주

限抒抒底而浪興　한서서저 이랑흥
萬古短縮一心無　만고단축 일심무
永變無倉庫有矣　영변무창 고유의
我外見珍珠察在　아외견진 주찰재

한없이 퍼도 퍼도 바닥이 물결 일고
만고에 줄어듦이 한마음 없는 것을
영원히 변함없는 창고가 있음이라
우리는 밖을 보며 진주를 찾고 있다.

이 詩는 불성의 기본적 마음을 굳게 가지기를 염원하며 지었습니다. 우리 모두가 일심一心 또는 불성佛性이라는 진주를 가지고 있습니다. 이 진주는 아무리 써도 바닥이 보이질 않습니다. 이와 같이 영원 생명의 무한 가치가 여러분에게 있습니다. 그 값을 금전으로 따질 수조차 없는 보주를 우리는 갖고 있으므로 이러한 보물을 더 빛내길 위해 수행을 통하여 닦아가고 있습니다. 그러나 우리는 그 보물을 스스로 간직하고 있다는 사실조차 모른 채 밖에서만 가치 있는 것을 찾으려 헤매고 있습니다. 하지만 밖에서 나에게 맞는 가치를 구하는 동안에는 보물창고나 진주는 그 흔적조차도 볼 수가 없습니다.
부산하게 흩어지는 번뇌를 쫓아가지 말고 그 마음을 안으로 거두어들여 삼매三昧를 이루는 공부를 열심히 하여야 합니다. 나를 되돌아보면서 번뇌를 지혜로 바꾸는 공부를 하여 마침내 "나"의 벽을 무너뜨려야 합니다. 이제까지 스스로가 쌓아 스스로를 가두었던 "나"의 벽을 무너뜨리면 "나"는 이 진리의 세계인 법계法界와 하나가 되어 대 해탈과 대 자유와 다함없는 행복을 누릴 수 있게 되는 것입니다.

이렇게 공부하기가 실로 어렵습니다. 왜 어렵느냐? 각자의 쌓아온 수많은 번뇌를 떨쳐내며 삼매에 들려니 마구니가 다가와 방해를 놓습니다. 그 마구니가 누구냐? 바로 나 자신의 탐, 진, 치입니다. 명심하십시오! 탐내고 성내고 어리석음만 버리면 여러분은 바로 보살입니다. 칠언절구.(2022년 임인년 10월 13일)

무명초는 뿌리가 없다

보우

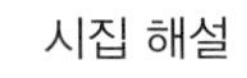

시집 해설

올곧은 수행과 생활에서 얻은 소재로 한시를 짓는 보우선사

조해훈
(시인 · 고전평론가)

올곧은 수행과 생활에서 얻은 소재로 한시를 짓는 보우선사

조해훈(시인 · 고전평론가)

한시는 보통 외부의 경관을 묘사하는 부분景과 내면의 심리상태를 나타내는 부분情을 잘 직조하여 전체를 구성하는 문학이다. 그러므로 한시는 정경교융情景交融을 중시한다. 이러한 정경교융 방식을 따르지 않는 한시도 많다. 행간에 정서를 감추어 눈 밝은 독자들이 그 뜻을 알아내도록 하는 경우도 있다. 이 한시집漢詩集에 들어있는 보우선사의 시편들도 굳이 한시를 짓는 일반적인 규칙을 따르지 않고 있다. 아마도 어디에도 얽매이지 않는 선사의 자유로운 정신 때문인지도 모른다.

한시 역시 대체로 현대시와 마찬가지로 시인이 세상을 살면서 느낀 기쁨과 슬픔 등 다양한 내용을 담고 있다. 선사의 한시에도 이처럼 한 인간으로서 일어나는 생각과 감정이 그대로 담겨 있다. AI시대에 한시를 쓴다는 건 온갖 역경을 견디며 선 나무 같은 존재일 것이다. 이전 시대의 한시 작가들은 다른 문사들과 교유하면서 우정의 이야기를 많이 남겼다. 하지만 현대의 한시 작가들은 혼자서 고독하게 시대와는 동떨어진 감을 느끼면서 시를 짓는다. 그리하여 작금의 한시 작가는 외롭게 선 나무인 것이다.

선사의 한시는 의미상 몇 가지 특징을 갖고 있다. 이러한 것을 염두에 두고 해설을 하겠다. 물론 언급하지 않는 특징들도 있다. 형식적으로는 오언시와 칠언시를 골고루 지었다. 절구와 율시, 장시 등 다양하게 읊었지만, 운자韻字나 평측平仄, 댓구對句 등에 연연하지 않고 있다.

#한시가 논변의 기능도 한다는 사실을 보여주는 시편들

한시가 현실의 큰 문제에 관여하지 않고 음풍농월이나 하는 놀음에 불과하다고 말하는 사람들이 많다. 보우선사의 한시를 읽으면서 그 말은 합당하지 않다는 사실을 금방 알아차릴 수 있다. 선사는 당면한 정치적인 문제나 남북한 통일 문제, 더 나아가 지구의 환경문제와 미래까지 고민하고 있음을 볼 수 있다. 다음 시를 예로 보자. 2022년 3월 23일 혼란한 정국에서 지은 시다.

言閉君簾垂 / 언폐군렴수
死考直疏戴 / 사고직소대
君心無驕滿 / 군심부교만
焉靑天陽有 / 언청천양유

말씀은 막혀있고 임금은 발 드리며
죽음을 생각하고 바른말 올리건만
임금은 마음 없어 교만이 가득하여

어떻게 푸른 하늘 햇볕이 있으리오

– 시 「政局정국」 전문

언로가 막혀있고 임금(대통령)이 국민의 올바른 소리를 듣지 않는 나라는 미래가 없음을 지적하는 내용의 시이다. 첫 행에서는 아무리 올바른 소리를 올려도 인人의 장막에 갇혀 임금의 귀에 그 소리가 들어가지 않음을 말하고 있다. 게다가 임금은 발을 드리우고 아예 귀를 막고 있는 형국이다. 3, 4 행에서는 임금이 최고 권력자라는 오만에 빠져 있으니 나라의 미래가 밝을 수 없음을 언급하고 있다.

시인은 더 나아가 목련나무 꽃봉오리의 끝을 빗대어 절개를 노래하면서 4월에 일어난 여러 역사적 사건들을 되돌아보고 있다. 그러면서 다시는 그런 아픈 일이 발생하지 않기를 바라고 있다. 4월에 4·19 학생의거와 4·3 제주양민학살 등 여러 사건이 있었다. 최근에는 4·16 세월호 참사도 일어나지 않았던가. 온 국민을 충격과 아픔으로 몰아넣은 세월호 참사는 2014년 4월 16일 인천에서 제주로 향하던 여객선 세월호가 진도 인근 해상에서 침몰하면서 승객 304명(전체 탑승자 476명)이 사망 · 실종된 대형 사건이다.

書筆聿似在墨濕 / 서필율사 재묵습

蕾硏水墨水遙遠 / 뢰연수묵 수요원

貞節槪前歷史慘 / 정절개전 역사참

歎自四月痛爾汝 / 탄자사월 통이여

溢反復化殘忍降 / 일반복화 잔인강
四月樂爲希望笑 / 사월악위 희망소
痛政化笑花開國 / 통정화소 화개국
毛懸蕾木筆花開 / 모현뢰목 필화개

서필 붓 닮아있어 먹물을 적시는데
봉오리 벼룻물에 먹물이 아득하네
곧게 선 절의 앞에 지난날 참혹함이
한숨이 절로 나는 사월의 아픔이여

지나침 반복되는 잔인함 내려놓고
사월을 노래하고 바라는 웃음 짓게
아픔이 정화되어 웃음꽃 피는 나라
털 달린 꽃봉오리 목필화 꽃이 피네

– 시「木蓮花, 蕾(목련화 봉오리)」 전문

목련이 꽃 피기 전에 봉오리의 모습이 마치 서필書筆을 닮았다. 뾰족한 글쓰기 붓의 끝과 흡사하다. 하지만 목련봉오리로는 글씨를 쓸 수가 없다. 먹물이 묻지 않고 끝부분이 휘지 않는 것이다.

시인은 목련봉오리를 보면서 휘지 않고 굽혀지지 않는 그 어떤 것, 바로 절개를 연상하였다. 절개를 생각하다보니 여러 역사적 사실들이 떠오른다. 부정한 정부에 대해 학생들이 정의를 부르짖으면서 항거한 4·19학생의거가 생각났다. 시인의 생각은 여기에 머물지 않고 4월에 일어난 여러 학살

과 사건 등이 동시에 떠올랐던 것이다.

그리하여 나라의 평화와 평안을 희망하는 시인은 5, 6, 7행에서 "지나침 반복되는 잔인함 내려놓고(溢反復化殘忍降 · 일반복화 잔인강)/ 사월을 노래하고 바라는 웃음 짓게(四月樂爲希望笑 · 사월악위 희망소)/ 아픔이 정화되어 웃음꽃 피는 나라(痛政化笑花開國 · 통정화소 화개국)"라고 읊고 있다. 이제는 위정자들이 자신들의 사리사욕을 버리고 국민만 바라보며 정치를 하고 잘못된 부분은 시정해 나가면서 지난 시절의 잔인한 사건들이 되풀이 되어서는 안 된다고 설파하고 있다. 그렇게 하면 지나간 역사의 아픔도 정화되어 그날이 되어도 국민들이 웃음꽃을 피울 수 있다는 것이다. 국론 분열을 우려하는 선사의 다음 시도 한번 보자.

半島脊柱國分裂 / 반도척주 국분열
政治國民亏挺結 / 정치국민 우정결
直心也一致團結 / 직심야일 치단결
外勢勢力敢城越 / 외세세력 감성월

言論親愛國論一 / 언론친애 국론일
利他利益所爲見 / 이타이익 소위견
後世時代人康生 / 후세시대 인강생
我何如運身惜乎 / 아하여운 신석호

반도의 척주 잘린 나라의 분열인데
정치는 국민에게 나오는 힘을 쓰면

굳세게 마음 또한 하나로 단결하여
바깥의 세력들도 함부로 성 넘을까

언론을 친애하고 국론이 하나 되어
남에게 이익되게 하는 일 보여주고
후세의 시대 사람 편안히 사는 모습
우리가 어찌하여 운신이 아까우랴

– 시 「分裂분열을 보며」 전문

시인은 위 시의 말미에 다음과 같은 해설을 달았다.

> 작금의 국론 분열을 보노라면 안타깝다. 모두 통합을 이루고 후대 사람들이 건강하게 살아가는 모습 어찌 기성세대들이 운신을 하지 않을 수가 있을까! 지금도 늦지 않았다. 후세를 위하여 뭔가 살아갈 수 있는 바탕을 만들어 놓고 가는 것이 타당하고 존재의 가치가 아닐까 한다. 칠언율시.(2022년 임인년 3월 28일)

후세 사람들이 평화롭게 잘 살아가도록 하려면 국론이 분열돼서는 안 됨을 말하고 있다. 대한민국이 경제적으로 선진국대열에 합류했다고 하지만 분단국가이다. 통일도 하지 못한 마당에 국론을 분열시켜 혼란에 빠뜨리고 나라의 발전에 지장을 초래해서는 안 된다는 경구이다. 평범한 시인의 말이 아니라 선수행을 하는 선사의 지적이어서 울림이 크다.

이러한 시인의 현실문제에 대한 시적 표현은 많다. 시 「南北統一望(남북통일망 · 남북통일을 바라며)」의 3, 4행에서는 "전선을 마주 보고 손에 손잡아 보면(戰線偭手手握觀 · 전선면수 수악관)/ 따뜻한 체온 역시 다 같이 느낌 오네(暖體溫也皆感來 · 난체온야 개감래)라고 표현하고 있다. 남북통일이 이루어지기에는 수많은 문제들이 선행되어야 할 것이다. 그래서 당장 통일이 되는 건 쉽지 않다, 하지만 통일로 가는 가장 빠른 길은 남북이 손을 잡는 것이다. 3행에서는 이 이야기를 하고 있다. 4행에서는 그렇게 된다면 남북이 동시에 생각하지 못한 따스한 체온을 느낄 수 있다는 것이다. 오랫동안 수행을 한 선사인지라 핵심을 꿰뚫어 보는 눈이 예리하다.

시인은 이 시의 말미 해설에서 "남북이 대치 상황에서 오랜 세월 아직 휴전 중이다. …이제는 세계가 아이티 시대다. 속속들이 알게 되는 현실인데 다툰다는 것은 아이러니다. 함께 살아가는 아름다운 평화를 건설하자는 뜻을 담아 이 詩를 지었다."라고 시를 지은 의도를 밝히고 있다.

시인이 현실 문제를 진단하고 미래 세대를 위해 해야 할 방향을 제시하고 있는 것이다. 시인이 이처럼 시를 통해, 그것도 한시라는 전통적 장르를 통해 우리나라가 안고 있는 현실 문제를 해결할 지남指南을 가리켜주는 건 여러 시에서도 자주 확인된다.

사실 이전의 한시 작가들은 정치적 사건이나 역사적 사건에 대해 시로 묘사하는데 적극적이지 않았다. 시인의 자유적 글쓰기가 보장되고 있는 현재의 상황에서 한시가 아닌 현대시를 쓰는 시인들도 마찬가지이다. 그런데 하물며 시인은 불가에서 수행을 하는 선사일진대 우리나라의 처한 상황과 지금도 해결하지 못하고 있는 여러 상황들, 그리고 다시는 일어나서는 안 될 잘못된 역사적 사건에 대해서 직접적으로 언급하고 있음을 확인할 수 있다.

한시는 자연과 현실, 그리고 역사의 모든 것을 소재로 삼으며 서정뿐만 아니라 논변의 기능도 지님을 보우선사가 잘 보여준다 하겠다.

환경과 미래사회에 대한 우려를 담은 시편들

갈수록 지구의 생태계가 파괴되고 환경이 오염되고 있어 많은 사람들이 미래를 걱정하고 있다. 최근에는 기후변화로 그린란드의 빙하가 3년간 8km를 후퇴했다는 언론보도도 있었다. 굳이 멀리 있는 나라의 이야기가 아니더라도 우리 주변에서도 생태계가 급속히 훼손되고 있는 상황을 목격하고 있다. 이를테면 야산에 많던 토끼가 다 사라진 건 개체수가 급격히 늘어나는 포식자 고양이의 짓이라는 것이다. 제주도에서만 생산되던 과일이 남부지방으로 확대된 것도 재배기술의 발전 덕도 있겠지만, 기온상승 때문이라는 분석이 많은 것도 이러한 사례이다. 다음 시를 한 번 보자.

野開花蜂蝶見無 / 야개화봉 접견무
風告因果明觀矣 / 풍고인과 명관의
或也蒼空罪困難 / 혹야창공 죄곤난
汚染大氣屬立等 / 오염대기 속립등

風動花紅誘惑於 / 풍동화홍 유혹어
祕密眺哀切感慨 / 비밀조애 절감개
野黃葉也秕充爲 / 야황엽야 비충위
凶年憂患穀間虛 / 흉년우환 곡간허

들녘에 피는 꽃들 벌 나비 볼 수 없고
바람에 청하였어 원인을 밝혀보리
행여나 푸른 하늘 탓하면 곤란하네
더러운 대기 속에 서 있는 우리들은

바람에 흔들리는 꽃 붉어 유혹하고
가만히 바라보니 애절히 그지없네
들녘에 누런 잎새 쭉정이 가득하고
흉년에 근심 가득 곡간이 비였구나

– 시 「患生死 환생사(근심과 삶 죽음)」 전문

시인은 이 시의 말미에 있는 해설에서 "날로 환경오염이 심각하다. 벌, 나비 개체가 적으면 농사가 문제 되어 곡물이 귀해 결국 지구상 생명들 존폐의 문제가 일어날 수 있기에 그 경각심으로 이 율시를 지어본다. 칠언율시.(2022년 임인년 3월 14일)"라고 언급하고 있다.

시인의 설명대로 환경오염이 심해져 벌과 나비의 개채가 줄어들고 있는 실정이다. 수정이 되지 않으면 과일 등 작물 생산이 줄어들 수밖에 없다. 결국 인간에게도 그 폐해는 고스란히 돌아간다. 다음 시 역시 독자들에게 환경에 대한 경각심을 일깨워주고 있다.

今也非氣候變化 / 금야비기 후변화
稚心沐浴津濁有 / 치심목욕 진탁유
惡臭發香側極致 / 악취발향 측극치
焉狽化量何有以 / 언패화량 하유이

泉快爲飮時夢如 / 천쾌위음 시몽여
峽流水飮快動無 / 협류수음 쾌동무
生水買水日常化 / 생수매수 일상화
貴水汚染過誤悔 / 귀수오염 과오회

이것이 아니었네 기후가 변화될 줄
어릴적 목욕하든 강기슭 탁류 있어
악취가 풍기는데 가까이 갈 수 없는
어떻게 이리 되길 헤아림 있었으리

지하수 시원하게 마실 때 꿈만 같고
개울물 마시고도 상쾌함 변함없네
생수 물 사 먹는 일 날마다 되어버린
귀한 물 오염시킨 과오를 뉘우친다

– 시 「後悔 후회」 전문

기후가 변하고 어릴 적 멱을 감던 개울물은 오염되어 악취가 풍긴다. 예전에는 그 개울물을 마셨다. 더 이상 그 개울물은 사람이 사용할 수 있는 물이 아니다. 환경오염 탓이다. 이제는 우리나라 그 어디에고 개울물을 마음 놓고 마실 수 있는 곳이 없다. 돈을 주고 생수를 사 먹어야 하는 세상이 돼 버렸다. 이런 세상이 올 줄 몰랐다. 마치 시인이 그런 원인을 제공한 것처럼 과오를 뉘우친다. 오염된 자연에 대한 후회를 하는 것이다. 지금 시인이 이러한 경고를 하는 것에 정부나 일반 가정할 것 없이 각성을 하고, 더 이상의 오염이 되지 않도록 해야 한다. 이러한 재앙에 대한 시인의 걱정은 더욱 가중된다.

我專專活舊是化 / 아전전활 구시화
崽貴其累加惶也 / 재귀기누 가황야
倒傷手危意寶物 / 도상수위 의보물
一步絶壁二眼選 / 일보절벽 이안선

世亥世市希絶壁 / 세해세시 희절벽
苦難體得一角無 / 고난체득 일각무
不覺不一俗難逼 / 불각불일 속난핍
少生計疊鯨浪波 / 소생계첩 경랑파

나 홀로 홀로 생활 일상이 되어버린
자식의 귀한 줄을 그 누가 모르느냐
넘어져 다칠세라 손위의 보물인데
한걸음 낭떠러지 두 눈이 가려있네

인간세 말세인가 희망이 절벽이오

어려움 체득한 일 일각도 없음에야

생각지 못함 속에 어려움 닥치는데

젊은이 살아갈 길 첩첩의 파도이네

—시 「未來事미래사(앞으로 닥쳐올 일)」 전문

지금 젊은 세대는 결혼을 하지 않는 경우도 많고, 결혼을 하더라도 아이를 낳지 않으려고 한다. 결혼 적령기에 있는 청년들도 대부분 혼자서 부모님의 과보호 속에 성장하여 사회성이 떨어지기도 하지만 남을 배려하지 않는 이기심으로 가득하다고 한다. 물론 다 그렇다는 것은 아니다. 그렇다 보니 시인은 청년들이 살아갈 미래는 온갖 어려움이 닥치리라고 짐작한다. 시인은 좀 과격한 표현일 수도 있겠지만 "인간세 말세인가 희망이 절벽이오(世亥世市希絕壁 · 세해세시 희절벽)"라고 지적하고 있다. 일반인들 중에서도 앞으로의 세상은 희망이 없다고 여기는 사람이 있을 수 있다. 물론 미래는 어떤 모습일지 아무도 예측할 수 없다.

#수행자로서의 세상을 바라보는 인식 및 보리심菩提心

生善友第一大珍 / 생선우제 일대진

水清滿月休息也 / 수청만월 휴식야

苗木栽觀鳥過作 / 묘목재관 조과작

自天觀友如無矣 / 자천관우 여무의

삶에서 좋은 친구 제일 큰 보배이다
물 맑아 보름달이 쉬어갈 것이로다
나무를 심고 보면 새들이 둥지 짓네
스스로 하늘 보는 친구는 변함없네

— 시 「螺毛나모(소라 두상의 모발)」 전문

선사는 이 시의 이해를 돕기 위해 시의 말미에서 다음과 같이 해설하였다.

'소라 두상을 견주는 친구라는 보배이다'라는 뜻으로 詩를 지었다. 부처님의 관상 32상 80종호를 구비한 특징을 구체적으로 열거한 것이다. 여기에 소라 두상은 32상 중의 하나이다. 불교에는 머리카락을 무명초無明草라 한다. 칠언절구.(2022년 임인년 3월 16일).

선사의 해설에 따르면 '소라 두상螺毛'은 부처님이 알려주시는 운명인 32상 중 하나이다. 시인은 세상에서 가장 좋은 보배가 좋은 친구라는 이야기를 하려고 이를 인용하였다. 속세에서도 중국 소설 『삼국지연의』에 나오는 도원결의를 맺은 유비와 관우, 장비 같은 좋은 친구를 얻는다는 게 결코 쉽지 않다. 옛날 같지 않고 자신의 이익을 먼저 생각하는 세상이 되어버렸기 때문이리라. 하물며 선사 같은 수행자의 입장에서는 좋은 벗을 둔다는 게 참으로 어려울 것이다. 선사에게 친구의 대상은 같은 수행의 길을 걷고 있는 불가의 도반일 수도 있고, 아니면 속세에 사는 사람일 수도 있다.

한편 선사는 바르게 사는 길 중의 하나로 '절개'를 강조한다. 선사에게 절개란 여성뿐 아니라 남성에게도 해당되는 어휘일 것이다. 절개는 '지조'라는 단어와도 상통할 것이다. 이러한 내용을 담은 시를 보자. 제목이 좀 길다.

春雨池塘歎無衣 / 춘우지당 탄무의
草中逢蛇恨不飛 / 초중봉사 한불비
封口生涯人若得 / 봉구생애 인약득
夷齊不食首陽薇 / 이제불식 수양미

봄비 부슬부슬 연못가에 옷도 입지 못함 서러워
풀섶에서 뱀 만나니 날지 못함 한하노라
사람이 개구리처럼 먹지 않고 살 수 있는 생을 언을 수만 있다면
백이와 숙제도 수양산의 고사리조차 먹지 않았으리

– 시 「春雨池塘歎無衣 춘우지당탄무의
(이매창, 지음 (李梅窓, 이향금) 부안 아전, 이탕종의 딸.)」 전문

이 시에 대한 선사의 해설을 읽어보지 않을 수 없다.

가난과 자신의 처지를 헐벗음으로 표현하고 자신에게 수청을 강요하는 부안, 사또(趙一徹, 조일철)를 개구리를 잡아먹으려는 뱀에 비유하면서 마지막 구절은 '수양산 바라보며 이제夷齊를 한하노라'라는 사육신 중에 성삼문의 절개를 읊어 본인은 사랑하는 정인이 있어

이미 마음을 줬으니 넘보지 말라는 경고를 하는 것이다. 서슬 퍼런 사또 앞에서 죽기를 각오하고 사랑을 지키려는 매창의 속마음이 21세기 오늘날 이 시대 아름답기 그지없다. 이 시대에 미투로 혼란스런 일이 비일비재 하고 아까운 목숨까지도 버리는 세상에 400여 년 전, 아닌 것을 아니다로 당당히 그것도 위의 낙운 성시詩로써 말할 수 있었다는 것 차체가 충격이 아닐 수 없다. 더군다나 절대적인 갑을 관계 속에서 부안 사또 또한 문을 겸비한 위인이라 은근히 재미있는 장면이 아닐 수 없다. 낙운 성시를 띄워 주제를 개구리로 하라고 하니 매창을 시험에 들게 하는 아량을 베풀었을 것이다. 2022년 임인년 3월 29일

이 위대한 여류 시인의 귀한 글을 이 필지에 기록을 남긴다.

위에 매창 시인의 낙운 성시를 감천 관음정사 금당에서 納子普友 서문을 기록함.

조선 시대 전북 부안 기생인 매창의 시를 인용해 그녀의 절개를 찬양하고 있다. 부안군수의 수청을 거부하면서 뱀과 개구리에 빗대 그의 강요를 은유하고 있다. 선사는 매창의 이 시를 다시 비유해 시를 지은 것이다. 선사는 매창의 절개를 아주 높이 사고 있는 듯하다. 어쩌면 매창의 그 꼿꼿한 절개가 선사의 수행과 삶을 지탱시켜주는 정신과 동일시되는 것 같기도 하다. 그가 2018년에 펴낸 첫 번째 한시집漢詩集

제목도 『감천에서 매창을 만나다』이다.

다음 시는 사람이 어떻게 살아야 하고 돌아갈 때는 어떠해야 하는지에 대한 삶의 질서에 대해 읊은 시이다. 그러니까 잠언에 가까운 시이다.

單番必行路 / 단번필행로
日常心業修 / 일상심업수
平素熟眠之 / 평소숙면지
門風紙風眠 / 문풍지풍면

無音歸泉知 / 무음귀천지
知播佛陀心 / 지파불타심
下心三禮爲 / 하심삼례위
會者定離是 / 회자정리시

한차례 반드시 가야 할 길이기에
날마다 마음의 업을 닦아 서로
평소에 곤하게 잠자듯이 가면
문풍지 바람이 잠을 자면 조용히

무음의 돌아감 알게 되리라
안다고 베풀다 부처 마음 닮어
하심의 마음에 절을 한다면
만나면 언젠가 헤어지며 아쉽네

– 시 「廻向 회향」 전문

사람은 이 세상에 와서 갖은 풍화와 유혹을 견디며 살다가는 두 번도 아니고 한번은 왔던 길 가야 할 때가 있다. 인생은 무상함을 사람의 힘으로 어찌할 수 없는 이별의 아쉬움이 있다. 겸손한 마음으로 조용히 정리할 일이다. 오언율시. (2022년 임인년 3월30일)

위 시의 말미에 선사가 써놓은 해설을 읽어보면 무슨 말인지 다 알 수 있다. 이 세상을 살아갈 때는 겸손하고 베풀며 날마다 마음의 업을 닦아야 함을 주문하고 있다. 그래야만 전생의 업이 소멸된다는 것이다. 유가儒家에서도 악을 멀리하고 선을 가까이해야 함을 강조하고 있지 않은가. 다시 말해 하심下心으로 살아야만 돌아갈 때도 편하게 갈 수 있다는 것이다. 쉬워 보이지만 참 어려운 말이다. 우리가 보통의 마음으로, 보통의 삶을 산다는 게 결코 쉽지 않다. 본의 아니게 어려운 상황이 닥치더라도 분노하거나 굴하지 말고 상식선에서 살아가야 한다는 말에 다름아니다. 다음 시도 한 번 보자.

其見生手反 / 기견생수반
反手而手非 / 반수이손비
其熟言手未 / 기숙언수미
喜悲咸刹羅 / 희비함찰라

生滅根本無 / 생멸근본무
九氣孔風逝 / 구기공풍서

呼吸來往乎 / 호흡래왕호

其以熟慾取 / 기이숙욕취

이보게 산다는 것 손바닥 뒤집는 것

뒤집힌 손바닥이 그대 손 아니든가

그 누가 말을 해도 내 손만 못하더라

기쁨과 슬퍼함도 모두가 찰나인데

나지도 멸할 것도 근본은 없음이며

아홉 구 숨구멍도 바람이 지나가지

날숨과 들숨들이 왔다가 가는 것을

그 이상 무엇 하러 욕심을 취하겠나

– 시 「一切圓通일체원통(일체는 원통, 원융무애다)」 전문

세상사 모든 것 원통의 원융무애 한 대자유의 아름다움인데 그 아름다움 그대로 봄이 어떠한가. 꽃을 꺾어 취함이 아니 꺾음보다 못하리니… 오언율시.(2022년 임인년 3월 31일)

원융무애圓融無礙란 사전적인 의미로 보면 막힘과 분별과 대립이 없으며 일체의 거리낌이 없이 두루 통하는 상태를 말하는 것이다. 즉 불가에서 말하는 이상적 경지이다. 특히 화엄종 사상의 특징을 원융무애라 정의하고 있다. 선사가 이러한 불교의 이상적 경지를 설파하는 이유는 무엇일까?

선사가 보기에 산다는 건 찰나이다. 산다는 것은 손바닥

을 뒤집는 것과 같다. 손바닥을 뒤집으며 아무리 애를 쓰며 살아도 결국은 자신의 손이다. 어떤 순간을 모면하려 거짓말을 하거나 빠져나오려고 해봐도 결국 자신의 삶인 것이다. 그러한 삶의 방식이 축적돼 자신의 얼굴을 만들고 업을 쌓는다. 모든 것의 근본은 '없음'이니, 좋은 상황이든 궂은 상황이든 자연스럽게 살기를 바라는 의미이다. 하지만 세속 중생들의 삶이란 늘 조용하지 못하다. 아귀다툼 속에서, 진흙탕 속에서 살다보니 요란스럽다. 선사가 보기엔 모두 부질없으니 처한 대로 받아들이고 업보에 따라 살 것을 이야기 하고 있는 것이다.

다음 시는 선사이지만 자신을 낳고 길러주신 부모에 대한 생각을 읊은 작품이다. 일반인들에게도 사람의 근본인 효를 실천해야 함을 말하는 법문인 셈이다.

秋墻傍柿紅柿懸 / 추장방시 홍시현
見美天乎太陽如 / 견미천호 태양여
冥眠夜天月旋轉 / 명면야천 월선전
轉轉加木乎攣在 / 전전가목 호련재

盈月考餠共似雙 / 영월고병 공사쌍
母炙考餠慏樣猶 / 모자고명 모양유
取用親乎獻木昇 / 취용친호 헌목승
墾願所風以搖也 / 간원소풍 이요야

가을에 담장 옆에 감나무 홍시 달려

보기가 아름다워 하늘에 해와 같고
어둠이 잠을 자는 밤하늘 달은 굴러
구르다 구르다가 나무에 걸려 있어

둥근달 호떡 같이 닮았네 쌍생처럼
어머니 구운 호떡 모양이 똑같구려
가져다 어버이께 드리려 나무 올라
간절히 원하는데 바람이 흔드느냐

– 시 「孝心효심」 전문

효孝는 일반인들에게 가장 근본적인 덕목이다. 잘난 사람들이든, 못난 사람들이든 간에 세상에 나온 것은 부모님 덕분이다. 그리하여 불가든 유가든 관계없이 효에 대한 감사함을 생각하고 그 은혜에 대해 보답을 해야 한다고 강조한다.

유가의 경전 중에 『효경孝經』이란 게 있다. 13경의 하나로, 효의 원칙과 규범을 수록한 유교경전이다. 불가에는 『부모은중경父母恩重經』이라는 경전이 있다. 부모의 은혜가 한량없이 크고 깊음을 설하여 그 은혜에 보답할 것을 가르친 내용으로, 흔히 『불설대보부모은중경(佛說大報父母恩重經)』이라고도 한다. 이 경전에 보면 어머니가 아이를 낳을 때 3말 8되의 응혈凝血을 흘리고, 8섬 4말의 혈유血乳를 먹인다고 하였다. 그런 부모의 은덕을 생각하면 자식은 왼쪽 어깨에 아버지를 업고, 오른쪽 어깨에 어머니를 업고서 수미산須彌山을 백 천 번 돌더라도 그 은혜를 다 갚을 수 없다고 설하고 있다. 신라의 원광법사도 효는 신분의 귀천을 떠나서 사람이라면 누구를 막론하고 실천해야 할 가장 기본적인 덕목이라고 강조하지 않았던가.

출가한 입장인 보우선사도 나이가 들어가면서 먼저 가신 부모님을 생각하며 위 시를 지었으리라. 어릴 적 먼저 세상을 버리신 어머니를 생각하면 가슴이 미어진다. 아버지는 어린 아들인 선사의 손을 잡고 고향인 경북 군의를 떠나 타향인 부산으로 이주해 고단한 삶을 사셨다. 부모님의 은혜를 생각하면 선사도 효를 다하지 못한 안타까움이 말로 다 할 수 없을 만큼 크다.

다음으로 선지식으로서 중생을 계도하는 선사의 마음이 압축되어있는 시를 보자.

人生德在人朋有 / 인생덕재 인붕유
每事公明自知得 / 매사공명 자지득
心同一體內外淸 / 심동일체 내외청
孤寂尋來其其暫 / 고적심래 기기잠

인생에 덕이 있는 사람은 벗이 있지
일마다 공명하면 스스로 알게 되고
마음이 동일 체면 안과 밖 깨끗하지
외로움 찾아오면 그것은 잠깐이네

— 시「德성性덕성」전문

사람이 자고로 살아가면서 덕이 있어야 친구가 많다

더군다나 공명하면 그 깊이는 한량없음이며 덕이 있다
하나 인간이기에 쓸쓸함은 잠깐이지,,, 하면서 이 詩를
지어본다. 칠언절구.(2022년 임인년 4월 12일)

말은 쉽지만 살아가면서 덕德을 쌓는다는 게 참으로 어렵다. 다들 내 눈앞의 이익을 생각하다 보니 타인을 배려하는 마음을 낸다는 게 쉽지 않다. 선사도 위 시 첫 행에서 "인생에 덕이 있는 사람은 벗이 있지(人生德在人朋有 · 인생덕재 인붕유)"라고 했다. 예부터 덕이 있으면 친구가 모인다고 했다. 부처의 말씀을 대신 전하는 선사의 이 표현도 마찬가지이다. 일반 가정에서도 방문객들 중에 덕이 있는 사람이 오면 더욱 환영하는 관습이 있다. 덕은 하루아침에 이루어지는 게 아니다. 오랫동안 좋은 일을 하고 베풀며 덕을 쌓아야 한다. 『명심보감』에도 "선한 일을 보면 목말라 물을 찾듯이 하고, 나쁜 일을 듣게 되면 귀가 먹은 것처럼 못들은 체 하라.(太公日: "見善如渴, 聞惡如聾.")"고 하였다. 선사가 위 시에서 말하는 의미는 한 마디로 "착하게 살아라."이다.

시인은 상상력이 풍부한 사람이다. 보우선사의 시를 읽는 독자라면 그의 시적 소재와 시의 전개 방식이 다양함을 느낄 수 있다. 그게 바로 시인의 상상력이다.

선사는 수행자이지만 그 이전에 시인이다. 그는 한시를 쓰는 시인이지만 현대시를 쓰는 시인이기도 하다. 선사는 1992년에 시세계로 등단해 그동안 시집 『그 산의 나라』, 『다슬기 산을 오르네』, 『목어는 새벽을 깨우네』, 『화살이 꽃이

되어』 등 여러 권의 시집을 출간했다. 최근에는 소설과 영화 시나리오까지 쓴 것으로 알려져 있다.

한편으로 독자들은 그의 한시에 근원적인 슬픔이 깔려있음도 읽어낼 수 있다. 보우선사의 시 창작의 원천에는 한 인간이 느낄 수 있는 모든 감정이 다 내재 되어 있다는 것이다. 그것이 시인인 선사의 또 다른 매력이다.